〔奥〕卡夫卡等 著
李妍 译

我在渡口等你

天津出版传媒集团
天津人民出版社

图书在版编目（CIP）数据

我在渡口等你/(奥)卡夫卡等著；李妍译．—天津：天津人民出版社，2014.4 (2018.12重印)

ISBN 978-7-201-08649-1

Ⅰ.①我… Ⅱ.①卡… ②李… Ⅲ.①故事—作品集—世界 Ⅳ.①I14

中国版本图书馆CIP数据核字(2014)第039865号

我在渡口等你

WO ZAI DUKOU DENG NI

出　　版　天津人民出版社
出 版 人　黄　沛
地　　址　天津市和平区西康路35号康岳大厦
邮政编码　300051
邮购电话　（022）23332469
网　　址　http://www.tjrmcbs.com
电子邮箱　tjrmcbs@126.com

责任编辑　刘子伯
策划编辑　张春霞
装帧设计　嫁衣工舍

制版印刷　天津翔远印刷有限公司
经　　销　新华书店
开　　本　880×1230毫米　1/32
印　　张　9
字　　数　180千字
版次印次　2014年4月第1版　2018年12月第5次印刷
定　　价　29.80元

谨将此书献给所有曾经爱过
或者失去过挚爱宠物的人

前 言
Preface

去年秋天，我度过了一段非常孤独的日子。

我爱的人乘波音747去了美国。

他飞走了。临行的前一晚，他送给我一只狗。他这是什么用意呢？明明知道我不喜欢养宠物，为何还要送我一只狗？我有点恼，但想到这就要分别了，便克制住了自己，还朝他露出尽可能甜美的笑容。

不过我没能瞒过他，他笑着保证说："你会喜欢上它的。"

我再次笑笑，说："当然，我当然喜欢。"但我实在没有把握，他肯定的语气丝毫没能感染我。谁知道呢？也许吧！我会试着喜欢它的，但能否成功就说不准了。

他踏上飞机的时候，我难过极了。我真想找个借口把他留住。公司干吗一定要派他去进修呢？他这一去就是两年，我们还没有分开过这么长时间呢。嘿，他倒是潇洒，装模作样挥挥手，嘴巴朝两边扯得那么开，好像期待这天已经很久了。

以后我就要一个人过了。

一个个孤单单的日子，将会接踵而至，推门而入。

谁曾想，生活并没有那么难熬。他走了，但它在。是的，他说对了，我喜欢上了它。他留下的这只狗狗，活泼顽皮，透着十足的机灵劲儿。每当寂寞靠近时，狗狗就快速冲到我身边，“汪汪”叫一阵，把忧伤和寂寞赶走。

我跟它交上了朋友。它就会围着我转，撒娇；它会伸出舌头，温柔地舔我的手。它开心时，也能像人一样绽放笑脸，而且它的笑容比人类更纯粹，更美好，更能感染我！

我发现，我的生活里再不能没有它了。有它陪在身边，我感到生活是那么绚烂，世界是那么美好！我不那么孤单了，因为我有了忠实的朋友，有了倾诉的对象。我说什么，它都蹲坐下来仔细聆听（我猜它一定能听懂我的话，我的心事），它从来不会不耐烦地跑开。我还没见过有人像它那样富有耐心，善于包容！

人都需要一只狗狗的陪伴。跟狗狗在一起，总会发生许许多多难忘的事情。这些事情或让我们开怀，或让我们感动，或给我们以深深的启迪。我们会为此而记住那些时刻，将其打磨成光芒闪烁的金饰。

该书讲述的是人与狗的故事，名人写的人与狗的故事。这些精美的篇章，将会让我们领略到怎样的风景呢？是暖流涓涓，还是波涛汹涌？是春风习习，还是雷雨交加？

现在，就让我们深吸一口气，庄重地打开扉页，一起踏上这次美妙绝伦的心灵之旅吧！

目录
Contents

一只狗的遗嘱

我悲伤，不是因为将死。人害怕死亡，我们狗却不怕，我们将死亡视为生命的一部分。

〔美〕尤金·奥尼尔

我的家人、朋友，还有其他一些熟识的人，都会亲切地称呼我为伯莱明，但我原来叫席尔维丹·安伯伦·欧尼尔。

我深深地体会到了衰老带来的一系列麻烦，还有如魔鬼般的病痛让我饱受折磨，这一切的痛苦都让我意识到自己很快会离开这个世界，离开我的亲人、朋友了。我将把我所有的感情与遗嘱都深埋在主人的心灵深处。他会在我死之后发现这一切，发现心灵深处埋葬着的情感。当他感到孤独时，也许就会把我想起，那时他将体会到我这份深重的感情。我希望他把我的感情一直放在心上，直到永远，当作对我的纪念。

我几乎没有什么可以留下的。为什么呢？我们要比人类聪明许多，不会花大把的时间去存钱，也不会收藏一些乱七八糟的什物放在仓库，更不会为了得到的更多而扰乱睡眠。

我留给他人的是什么呢？没有任何值钱的东西，只有爱，只有信赖。所有爱过我的人，都可以得到我的爱和信赖，特别是我的男主人跟女主人。我知道，因为我的离开，他们会献上最真挚的哀悼。

我多希望，主人可以永远记住我，不要忘了我们曾经的日子。但我并不希望，他们因为我的离开而痛苦太久。我活着时，每当他们感到悲伤，我总是竭尽所能去慰藉；每当他们感到快乐，我就努力再为他们添几分欢愉。可是每当想到，我死后他们肯定会悲伤不已，我就感到分外痛苦，极度不安。

我得让我的主人们知道，我生活得很快乐，比任何一只狗都要快乐。因为一直以来，你们关心我，爱护我。这是我莫大的福分。现在，我又瞎又聋又瘸，没有了往日灵敏的嗅觉，小兔子可以在我眼皮底下大摇大摆地走动了。因为这病痛，因为这衰老，我还有什么尊严可言！我知道，是时候与大家告别了。我不想成为你们的负担，所有爱我的人。

我悲伤，不是因为将死。人害怕死亡，我们狗却不怕，我们将死亡视为生命的一部分。死亡并非毁掉生命的恐怖灵异。我悲伤，实因难舍我深爱的人。

死亡以后，我将去往天堂。我宁愿相信这点。在天堂，所有的人都不会饥饿，也不会衰老。在天堂，每天都过着快乐的日子，每刻都可以享受美食。到了夜晚，一个个不会熄灭的壁炉，一根根燃烧成卷曲状的木柴，一团团跳跃着的火焰。我们悠闲地打盹，然后进入甜美的梦乡。梦里面，再现我们在人间的英勇时光，再现对男女主人的深切爱怜。

预知自己离开的时间，确是一件难事。纵然如此，也要保证死亡前的时间一定是平静的，安详的，为了衰老且疲倦的身心的需要。我要静静地享受在人间最后的日子，带着人类给我的厚爱长眠于此。

我想，这该是最完美的结局。

有一次，女主人对别人说："如果有一天伯莱明死了，我肯定不会再养狗了，因为我深爱他。我无法再把自己的感情倾注到其他狗身上了。"

但我想恳求我的主人，请她再养一只狗！并把给我的爱给他。我坚信，就算再养一只狗，他们依旧会记得我，怀念我。

在主人家这么久，我明白，他们已经习惯了有狗陪伴的日子。如果我离开了，他们会受不了。这是我不想看到的。我是一只心胸开阔，而且嫉妒心不强的狗。我一直觉得，凡为狗类，大都如此。

代替我的狗，应该年轻力壮，就如我年轻时一样。我以为，达尔马提亚狗是最佳的选择。他有良好的行为举止，而且帅气又忠诚。亲爱的主人，你切切要记住：不要让他做无法胜任的事情。

对于你交办的一切事情，他都会尽最大的努力去做。这是肯定的！但他也有自身的缺点与不足。千万不要拿他的缺点、不足与我做比较，尽管这样你们会记起我，但我觉得不应该这样伤害他。

我的皮带和外套，我的颈圈，还有那雨衣，请把这些都给他吧。以前大家都羡慕我，因为我拥有这些精美的衣物。

也许他穿戴起来没有我英俊潇洒，但我绝对相信，他肯定会用自己最好的状态去表现。他绝不肯让自己表现得笨拙、不识大体。

生活在这个温暖的牧场里，他会在某些方面如我年轻时那么优秀。我觉得，在追逐长耳朵大野兔上，他要比我优秀很多。无论如何，我都希望他在这个家庭里过得快乐、幸福。

亲爱的男女主人，这是我离开前最后一个请求了，就是无论在什么时候，你们来我的坟前看望我时，都可以记起我们共同生活的那些日子，并用满怀哀伤又欣慰的语气说："我们爱的以及爱我们的朋友，埋葬在这里。"

请你们相信，无论我睡得多深沉，都会听到你们说的话，感受到你们的心意。一切死神的力量，都阻止不了我对你们欢快摇尾巴的致意。

为爱而生

玛莉常常把头探到窗外，俯视远处的公路，试图等回她深爱的米其。

〔美〕伊丽莎白·马歇尔·汤玛士

我跟大多数人一样，都想进入一种非人类的生物意识中，渴望多了解一些各种动物的生活情况。

我家的玛莉美丽端庄，身体健康，精力充沛，亭亭玉立。总之，没的挑剔，称得上是一位美少女。邻居家那只邋遢的巴哥，每天都到我家门口对玛莉抛媚眼，抓住一切能亲近玛莉的机会。但是玛莉总当他是空气，每次都很洒脱地与他擦身而过。可怜那个傻瓜，只能眼巴巴地看着玛莉从他眼前消失。

那天，我在街头看到了米其。他正和几个小混混打架。在搏击中，米其那黑黝黝的身体散发着无限的能量，真是个很棒的家伙。但是对方人多势众，米其渐渐处于劣势。我再也忍不住了，跑上去把那些家伙赶走。但是米其却不以为然，好像我的帮助让他丢了面子。

他冲着那帮离去的家伙撒了一泡尿。为了表示他对他们的鄙视、轻蔑，他还故意踮起脚，让腹部向上倾斜，这样他的尿液就洒到了一根一米高的灯杆上。他看上去很得意！

我喜欢上了这个有个性的家伙，觉得不该让他跟那些平庸之辈一样在外流浪，这会埋没了他的才能。所以我决定，让他到我家，让他过好点的生活。于是我跟他说："哈喽，来我家吧！"

米其来我家的时候，巴哥还站在那里傻等着玛莉。看到米其，巴哥吓了一跳，因为他比自己足足大了两倍！

米其则权当看不到巴哥，三步并做两步，绅士般走到玛莉面前，然后立定停下。玛莉这丫头也忘了女孩子应有的矜持，居然立马摆出欢迎的姿态。

没过多久，他们便熟络起来了。他们在房子里转来移去：一会在沙发，一会又跳到阳台的矮桌上，接着又跳到卧室的地板上。他们有时还跳起舞来，步伐是如此的轻盈，犹如蜻蜓点水般。他们活力无限，还常常眉目传情，完全陶醉在了彼此的眼眸里。

不知道什么时候，巴哥进来了，为了引起他们的注意，他趾高气扬地在米其的长腿间徘徊，还摆出一副庄重的样子。但此时的米其与玛莉正玩得起劲，眼里只有彼此，哪里还看得见他啊……

正是这次彻底伤了巴哥的心，以后他很少来我家了。

从认识的那天起，米其和玛莉就形影不离，他们在同一个钵吃饭，一起走相同的路，连睡觉都在一起。米其经常带着玛莉故地重游，有时候玩得太晚了他们甚至一块在外面过夜，次日早晨才拖着疲惫的身躯回来，但脸上却浮现着意犹未尽的样子。他们好几次被我在前廊台阶上撞见。

他们到处游山玩水。去哪儿对米其来说根本不是什么难事，他在流浪那会儿已经对这个小城市熟透了，他闭上眼睛，靠嗅觉就可以找到曾经居住过的地方。米其一般都会先设计好路线，不过到了实行时却不是按计划进行。玛莉由于年轻，体力好，而且爱撒娇，总爱跑到米其前面，还不时地回头看看他，好像在说："我跑得比你快哦！"但是玛莉经常搞错方向，这时米其就不得不追上她。

玛莉做事喜欢随兴，米其却也任由她去，只要她高兴就好。玛莉方向感比较差，但是她的聪明劲儿还是有的。有几次他们俩跑得太远了，在一户人家前面停下来。这户人家看到他们身上所挂的吊牌，打电话给我，我便急忙开车来接他们。这时候玛莉一点也不感觉难堪，反而好像一位上街购物逛累了的贵妇一样，优雅地上了车。

他们去外面玩的时候曾经打过一次架，我是在阳台上看到的。就在前面那个拥挤的路口，这条街区上臭名昭著的恶霸——鲍曼看到他们就冲了出来，对着他们凶狠地咆哮，很明显是在挑衅。

他比米其要大得多，就算米其与玛莉合起来也不是他的对手，但是米其仍旧一副目中无人的样子，连正眼都不看他一下，尾巴像旗杆一样坚挺着，趾高气扬地大步向前，完全当鲍曼不存在。我当时对他的勇敢佩服得五体投地，别提有多兴奋了。但是玛莉不同了，她毕竟是女孩子，被鲍曼的气势给吓得够呛，伏在墙角边不敢动。

米其愤怒了，“咻”的一声跑了来。强大的爆发力加上奔跑中的惯性，鲍曼一下就被他撞到一边。玛莉见状连忙爬起来，站到丈夫身边，盯着鲍曼，大声吠叫。

鲍曼好不容易才缓过神来，他慢慢地转身，看着对面这对夫妻，一脸惊讶的样子。鲍曼还很少栽跟头呢。他的示威声越来越微弱了，再不敢贸然发动进攻了。

玛莉终于松了一口气，她转过身，想要继续前行。鲍曼紧张至极，神经绷得紧紧的，误以为玛莉是要发动袭击，于是本能地扑向了她，变被动为主动。说时迟那时快，就在这电光火石间，米其也扑向了鲍曼，以阻碍他的攻势。先是玛莉矫捷地躲开了鲍曼，然后鲍曼被米其咬住了脖子。鲍曼疼得跳了起来，拼命想挣脱开米其，但这时他沮丧地看到，玛莉冲过来了。她一口咬住了鲍曼的腿。鲍曼像疯了一样拼命挣扎，最后落荒而逃。就这样，他们夫妻俩合力把他击退了。

这以后，米其与玛莉每次经过这个街口，都做出怡然自得的样子，而鲍曼再也不敢叫嚣了。

玛莉不像大多数母狗那样，母狗大都有好几个性伴侣，但是玛莉这一辈子就只认定了米其！狗也有如此浪漫、忠贞的感情？有的人对此嗤之以鼻。他们真应该看看我的这两只宠物狗，那样就会自动改变想法了。

第一次交配，他们——米其和玛莉——刚认识不久。那天，玛莉满眼柔情，将自己的尾巴轻轻移开，紧紧贴住身体的一侧。米其上前去，抬起前脚放到她的肩上，之后就是性器官的交接。玛莉忍不住哭了一声，因为这是她的第一次。疼是疼了些，但她没有跑开。他们紧紧地结合在了一起。

不知几时，巴哥跑来了。他不计前嫌，跑来参加邻居的婚礼。巴哥的神情一如从前，还是充满着温柔，当时我也在那里，巴哥不时抬眼望望我，似乎想知道我是否和他一样，也有成人之美，是否也为这桩喜事感到欢喜。

这对亲密的爱人，时而亲昵地耳语，时而兴奋地欢呼。他们一起跑来跑去，脸上洋溢着幸福的光辉！他们爱情的结晶很快就出世了，分别是西蒙、菲戈、诺曼。这三个小伙子，长得和米其一样。

玛莉初当妈妈，把孩子的脐带、胎膜都吃下肚里，每只小狗都被清理得干净无暇。大多数母亲都伸出双臂去保护宝贝孩子，而我的玛莉则常常把后腿合拢，靠紧腹部，身体蜷曲成了一个毛球。她用四肢把小狗们紧紧地裹起来，让别人几乎察觉不到小狗的存在。

她防备心十足，时刻保持着警惕，一副冷冰冰的样子。连我都没有办法碰玛莉的孩子。我有时想看看小狗，可这时玛莉的身体就蜷缩得更紧。不过我很有耐心，当我又一次小心探望时，她终于允许了，终于肯让我看看她的心肝宝贝了。

我瞧见，小狗们都那么干净，粉扑扑的，十分可爱！

很快，米其也意识到自己应担负起父亲的责任了。他跳到椅子上、沙发上，欣慰地俯视着在地板上肆意玩耍的宝宝们，他时刻准备着。准备着什么？当宝宝打架时，米其就得果断上前，把他们分开。等到小狗长到四个月大，米其就带他们到外面漫游。

从前米其喜欢独自去玩，可是自从当了爸爸后，他就经常带上三个儿子一起出门。玛莉一个人待在家中，既幸福又焦急地守在门口，盼望着亲人的归来。一听见米其回来，她迫不及待地迎上前去。这时，米其会乖乖地站着，耐心接受老婆的盘查。

后来，在关于动物习性的书中，我了解到这是狗的本能行为。狗从别的地方回来时，身上带着某些气味，而这会发出一些信息，比如他曾去过哪些地方。他愿意让别的狗闻他，意味着他乐意与其分享信息。

米其教给了孩子们一身本领，使得这几个小家伙在附近街区所向披靡。不过他们也遗传了米其和玛莉的优良品行，并不称王称霸。老大西蒙长到五岁时，娶了妻子。妻子是野生土狼家族中最美丽的土狼小姐。他们留下了三只混血后代，所以如今郊外的土狼群体中，肯定有我家西蒙的血统呢。

十八年后，可能是因为思念那先逝的土狼妻子，年老的西蒙即使患上了老年痴呆症，还是经常出现在郊外的树林里。

我挺担心他，搜寻了他许久，终于在呼啸的北风中看到一个虚弱的身影，正是西蒙。雪花纷飞，北风凛冽。他无知无觉，一步步艰难地走着。他因为痴呆而不认识我了。不过，他的方向感似乎没有受到影响，这应该归功于他父亲米其给他的良好训练。无论如何，他总能记得回家的路。

米其丧命于一场突如其来的车祸。那个我永远都忘不了的下午，他奔跑着追捕一只土狼。这时一辆汽车迎面而来，米其拼命停住脚步。但是刚下过大雨，草地很滑，他的身体不受控制，继续向前滑行，停不下来。就这样，不幸发生了。他的身躯被汽车撞飞了。

我从窗户翻身出去，一边叫喊妻子去车库开车，一边冲向受伤的米其。玛莉和西蒙也闻声赶来，他们只能眼睁睁地看着躺在地上的米其。米其的前腿流着血，他痛苦而虚弱地呻吟着。我心疼极了，轻轻地把他抱进车里。玛莉也跳上了车，帮他舔舐伤口，紧张地望着他。我愤怒地踹了那位司机。我已经悲愤得无法说出话来。我把玛莉从车里抱出来，然后就用最快的速度驶向兽医院。

时至今日我还很后悔，后悔那些年住在远离市中心的郊外。这耽误了治疗时间。我之所以选择住在郊外，是为了给我的狗儿一个更大、更自由的生活空间。但是我现在感到后悔了。尽管兽医尽力了，但还是晚了。米其的血是止住了，但仍是命若游丝。那个悲伤的夜晚，我一次又一次抚摸着他的脑袋、背脊，希望能减轻他肉体上的痛苦，给他最后的温暖。但最后，他的身体还是一点点地凉了……我们在街口相遇，此后一起生活了三年。三年里，他与玛莉生下了三只狗宝宝，他们一家给了我们无数的快乐和慰藉。

透过后视镜，我看见玛莉追在车后，跑了好几英里。她在后面，在街角的尽头焦虑地踱步、打转，仿佛秋天里掉落的叶子，透着悲伤的意味。她慢慢地在我的视野里消失掉。后来妻子告诉我，玛莉那天迷路了，久久地蜷曲在路边，直到被人发现。妻子说当她发现玛莉的时候，“玛莉一脸的泪水”。我听了，也不禁黯然神伤，泪水顿时盈满了眼眶，然后砰然坠落。

我安置好米其的后事，把他的项圈取下来拿回家。我远远就看到了玛莉，她头伸出窗外，急切地望着。我还没有走到家，玛莉就迫切地从窗户里跳了出来，朝这边跑来了。她以为自己能看到安然无恙的米其。但是车里只有我，没有米其。玛莉在我的裤腿上使劲嗅着，试图寻找与米其有关的一切讯息。我看着她，不知该如何告知她米其死了，再也回不来了。但我清楚，她终究会知道的。我心如刀割般疼痛，止不住的泪水涟涟。

那是一段难熬的时期。玛莉常常把头探到窗外，俯视远处的公路，试图等回她深爱的米其。但这只能是徒劳的了。渐渐的，玛莉终于承认了米其已经死去的事实。从此她性情大变，再也没有了先前的活力和风采，变得闷闷不乐，行动迟钝。无论周围发生什么，都不能引起她的兴趣了。有时她又特别敏感，很容易被激怒。即便是自己的狗宝贝们，她也不那么上心了。不过幸运的是，孩子们这时已经不小了。

玛莉后来也是在那家医院去世的。因为肾功能衰竭，她只好进了医院。医院的一切都令她焦躁不安，这是因为我的裤脚上曾出现过这里的气息呢，还是她觉得这里有米其留下的味道和信号呢？没人能知道。

玛莉死后，我同样带回了她的项圈。回到家里，其他狗正站在我那间工作室里。那是一间相当空旷的工作室，没有开暖气。我把项圈给他们闻。他们闻完项圈，纷纷退后，并用难解的眼神望着我，似乎在思索。我无法得知他们在想什么。

我们就这样默默地站着，互相注视着对方的眼睛。他们的身体开始发出一种湿漉漉的气味，那样强烈而熟悉。

这种气味仿佛发自身体的每个毛孔，逐渐变得浓重，在工作室里弥漫开来。我突然感到：这气味是死亡带来的，交织着对血亲的思念。如同人类一般，亲人离世，虽不能陪同亲人一起去天国，却懂得用眼泪，用吊唁，来传达一种哀思；狗狗们也是一样，他们无法跟随玛莉到另外一个世界，于是选择了一种带着思念的气味来传达对亲人的爱。

我尤感欣慰的是，玛莉和米其又可以在一起了。

我在渡口等你

他日复一日地守望着渡口，而我从来都不是他信任的对象。

欧内斯特·汤普森·西顿

切维厄特，这个遥远的城市，是小巫利出生的地方。小巫利出生之后不久，他的兄弟们便相继都被送了出去，只有他跟另外一只留了下来。什么原因呢？因为巫利是一只黄毛靓狗，而那位兄弟长得酷似附近一只最优秀的狗。

这两年来，小巫利过的是什么样的生活？他过着牧羊犬的生活，跟着一只资深的牧羊犬学本领。两年下来，巫利通过了全套的牧羊训练，练就了熟练的技能。

罗宾对巫利非常放心，所以常常让它独自在山上看管羊群，而自己却整夜泡在酒吧里。罗宾是谁？罗宾就是巫利的主人。这位老牧人最大的爱好就是喝酒，每天以饮酒为乐，整天糊里糊涂地过日子。

罗宾很欣赏巫利，极少呵斥他，更不会采用粗暴行为。所以在巫利心中，罗宾是个非常棒的主人。不管你何等精明或强大，在巫利的心中都比不上老罗宾。他对罗宾是那样的虔诚。

巫利对老罗宾特别服从，以此来报答老罗宾对他的赏识。巫利不知道，老罗宾全部的体力和脑力都以每周五先令的价格抵押给了一位牛羊贩子。什么意思呢？那个牛羊贩子才是巫利所看管的羊群的主人。不过，这位牛羊贩子还不够财大气粗，跟附近的那些乡绅们相比，还差着一大块。

这天，罗宾得到了牛羊贩子的命令。命令就是，他需要把374只羊装上马车，赶到约克州的码头和市场上去。在枯燥的旅途中，巫利最为活泼。路经诺森伯兰时，一切都还顺利。

然后，他们到达了泰恩河，乘渡船行至南布尔兹，在那儿安全上岸。南布尔兹烟雾弥漫，你说是什么原因？这里林立着许多工厂的大烟囱，不断地喷吐着浓烟。铅灰色的浓烟不断地往外冒着，伴随着的是工厂机器不倦的轰鸣。浓烟了不得，瞧去像暴风雨来临时的乌云一样，使光线变得非常昏暗。

在羊儿们的眼中，那的确就是乌云。看来暴风雨就要来了！一定是一场异乎寻常的大风暴！羊儿们个个吓得惊慌失措。这个时候，什么牧羊犬，什么老羊倌，全都被抛到了脑后。这些异乡的羊根本不顾牧羊人的看管，在大街上四处乱窜，寻找能够躲藏的地方。

目睹到这样的场景，罗宾会做何感想？他瞠目结舌，不知道该怎么办。但是一回过神来，他就赶紧下令：“快，巫利，赶它们回来！要快！”

谁见了罗宾都会惊讶——前一会儿还焦急万分，一转眼又放松了下来。现在他坐了下来，不紧不慢地点上了烟斗，取出织了一半的短筒袜，开始编织起来。他知道，巫利从来不会让他失望，这次也是一样。

对巫利而言，罗宾的命令堪比上帝的旨意。他连续朝不同的方向奔去，把奔散四处的羊儿拦集在一起，再带到罗宾前面的渡口小屋那儿。整个过程从开始到结束，罗宾的表情一直都没有变化过，他站在渡口上，手中还拿着才被织好的袜子，呆头呆脑地观看巫利怎样赶羊。

巫利在示意——是的，是巫利，而不是罗宾——羊都回来了。于是，老罗宾，这位糊涂的羊倌开始清点他的羊群了——370，371，372，373。

“巫利！”老羊倌开始责难他忠诚的狗儿，“373，你听到了！还有一只羊在哪里？”

巫利感到无地自容。他立马跳了起来，赶紧再次冲出去寻那只丢失的羊。巫利不知道，就在他刚离开一会儿，旁边有个看热闹的小孩又把羊群数了一遍，然后告诉羊倌：“是你数错了，一只羊也没少。”

老罗宾重新数了一遍，果然是自己数错了，羊一只也没少。这下，老罗宾为难了。根据主人的命令，罗宾必须尽快赶到约克郡，耽误的话工钱可就没了。巫利呢，罗宾是了解的，巫利自尊心极强，不管找多久，找不到那只羊绝不肯回来。巫利也许会偷一只羊回来凑数。这样的事情不是没出现过，结果都弄得很麻烦。如果巫利又这么干了，加之这次身处他乡，罗宾可能会被当成小偷，给人抓起来。

罗宾非常舍不得巫利，但他还是痛下决定，抛弃了巫利，独自带着羊群走了。巫利哪里知道自己被抛弃了？他在大街上跑了几英里路，徒劳地寻找那只根本没有丢失的羊。他如此奔波了整整一天。夜色悄悄降临，巫利累了，也饿了。

他满心愧疚，再次来到渡口。他是偷偷来的。当然，他没有看到主人，也没有看到羊群。他是那么的悲伤。他跑着，找着，找遍了所有的地方，依旧找不到老羊倌。他搭上渡船，到河对岸寻找，再回到南希尔兹来找。他寻找了整整一夜。第二天，他还在寻找，他在河上来来回回地不知道往返了多少次。他注意每一个经过河边的人，还不断去附近的酒吧寻找。第三天，他仍然没有放弃，开始有意识地嗅所有从渡口经过的脚。

这里的渡船，每天要来回五十次，每次平均有一百个人。巫利站在跳板上，嗅这些来来往往的脚，一双都没有漏掉。巫利一天嗅过的脚就有一万只。多么惊人的工作量啊！他是多么的坚毅、忠诚、执着！

为了寻找主人，他已经忘记了吃饭和睡觉。一个礼拜过去了，他依然如此。无可避免地，他的健康因为过度忧伤和饥饿而糟糕起来。他的脾气也变得糟糕了。他瘦弱了，但是更令人害怕了，因为谁都能感受得到他愤怒的火焰。

在巫利的祈盼中，时间慢慢地划过。一天天，一周周。

老羊倌还是没有回来。巫利的忠诚打动了渡船工人，他们对这只固执的狗充满了尊重。大家不时送给他一些食物，起初他不肯接受。他是依靠什么顽强地生存着，没有人知道。到了后来，他可能因为实在找不到食物了，才慢慢地接受了渡船工人的赠予。

我和他相识的时候，已经是十四个月之后了。黄狗恢复了昔日可爱的外表，却仍然执拗地坚守着岗位。他把耳朵笔直地竖起，颈上的茸毛如雪般白，衬托着那聪明秀气的脸。他发现我的腿并非他主人的腿，立即就对我失去了兴趣，连抬头看我一眼都不肯了。

我用了十个月的时间向他示好，但他不为所动，只把我当做一个陌生人。他日复一日地守望着渡口，而我从来都不是他信任的对象。他在渡口处坚守了整整两年，没有回到原来山上的家中。他是嫌家远吗？或者怕迷路？当然不是，只因他相信罗宾。既然罗宾让他留在渡口，他就应该永远在那里等他。

他常常渡河去寻找。渡河可不是免费的，一只狗一次的摆渡费是一便士。十二便士是一先令，二十先令是一镑。你想知道巫利已经拖欠了多少摆渡费吗？好几百镑！在摆渡公司的账簿上，巫利已经欠下了几百英镑的债务！

两年来，巫利鉴定了几百万只脚，不过始终是白费力气。长时间等待的煎熬，让他的脾气变得越来越怪。不过，他对主人的忠诚从未动摇过。

一天，一个陌生人从船台上走下来。巫利机械地嗅着他的脚，突然惊跳起来，耸起全身的毛，浑身打着哆嗦，嗓子发出低沉的吠叫。巫利为何如此？那是一位赶畜人，身体很强壮，不过似乎也没什么特别的。

一名渡船工人误会了，高喊：“嗨，伙计，那条狗惹不得！”

“你个蠢货，我没惹他，是他在惹我！”赶畜人叫道。

巫利的态度突然变了样，开始对那个赶畜人示好，尾巴几年来从没摇动过，今天也破天荒地摇起来了。人们见此情形，无不啧啧称奇。

原来，那个赶畜人名叫多利，和罗宾很熟。他的手套、围巾，都是罗宾亲手编织的，而且罗宾自己还用过一段时间。于是，从这位名叫多利的赶畜人身上，巫利嗅到了主人的气息。再则，巫利知道没有希望再回到主人身边了，就决定放弃在渡口的守候工作。他愿意永远跟随这位赶畜人。

多利非常高兴，就把巫利带回了家。多利的家位于德比郡，那里群山坏绕。巫利再次成为了一只牧羊犬，看管多利的羊群。

哑巴与狗

他抬头瞭望，只见在离船稍远些的地方，飘荡着一个大圆圈，正快速地朝着河的另一边移动……

〔俄〕屠格涅夫

黄昏即将来临，哑巴盖拉辛在河边送别了达吉亚娜后，沿着河边小路慢悠悠地走着。

这时，他突然发现了一条斑点狗。小斑点狗陷入了河岸一边的泥潭里，正拼命挣扎着。它那幼小的身子因害怕而不停地发抖。

盖拉辛将这只不幸的小斑点狗托起来，把它揣在怀里，急急忙忙地往家里赶去。回到自己住的顶楼后，他将小狗轻轻地放在床上，拿出自己的厚大衣帮它盖好，接着又去厨房向仆人讨来一杯牛奶。他把牛奶紧挨着小狗嘴巴放在床上。

可怜的小狗还那么小，眼睛才刚能睁开，看样子只出生了几个星期，还不懂得从杯子里舔牛奶。面对着这杯牛奶，小狗只是不住地发抖和眨眼。如此娇弱的小动物，激起了盖拉辛心底最温柔的部分，他轻轻地、爱怜地顺着小狗的毛发抚摸着它的头，帮助它把嘴巴贴近牛奶。在盖拉辛的引导下，小狗这才灵活地伸缩起了舌头，贪婪地舔起了牛奶。它一边喝一边响着鼻子，还不住地抖动着小小的身体。因为舔得太快，不时呛一下。

一整个晚上，盖拉辛都悉心地照顾着它，一次次地为它将稻草铺好，并不断地帮它擦身体。他实在累极了，终于挨着小狗沉沉睡去。他睡得既安静又香甜。

盖拉辛照顾这只小狗，甚至比世界上随便哪个母亲照顾自己的婴儿还要仔细，还要耐心，还要温柔。一开始，小狗的身体是那么软弱无力，模样也很难看，但在盖拉辛的悉心照料下，它渐渐地强壮起来，不再瑟瑟缩缩的了。就这么过了八个月后，小斑点狗蜕变成一只非常漂亮的、人见人爱的西班牙种的狗了。它拥有了一对长长的耳朵，一双晶莹的、会说话的大眼睛和一条毛茸茸的、像喇叭一样的尾巴。

这只小狗与盖拉辛之间已结下了不解之缘，他们深深依恋着对方，走到哪儿都是如影随形。盖拉辛为它取名叫木木。木木实在活泼可爱，其他仆人也都很喜欢它。

木木对谁都非常友好，但它最喜欢的人还是盖拉辛。盖拉辛也最喜欢木木，如果有人逗木木玩，他马上就会变得很不高兴，一来是替它担心，二来也是因为嫉妒。

每天太阳一升起，木木就会跑到盖拉辛身边，去扯盖拉辛的衣服，直到把他弄醒。木木和大院里的一匹老马关系也很好，它常常用嘴衔着老马的缰绳，把老马牵到盖拉辛身边。

每次跟盖拉辛一起去河边，木木总会昂首摆出一副非常神气的派头。它为盖拉辛看护各种各样的劳动工具，不允许其他人擅自闯入他们的顶楼。

为了能让木木自由出入，盖拉辛在顶楼的门上凿开了一个小洞。木木也似乎感到，顶楼才是它可以毫无拘谨、自由自在地活动的地方，那里才是它的家，它能在里面当家做主。它一进顶楼，就轻快地跳到它与盖拉辛共同的床上。木木是一只了不起的看家狗。它晚上几乎从不睡觉，也不会无缘无故地乱吠。只有当有陌生人走近围墙，或者听到什么可疑的动静，它才吠叫两声，证明自己绝对忠于职责，绝对值得信任。

木木一直陪伴在盖拉辛左右，但它从来不踏进女主人的房间一步。每当盖拉辛将木柴送往女主人的房间，它都在外面的台阶上等他。只要门稍微有点响动，它马上竖起耳朵仔细聆听，还把头转来转去，希望第一时间就能见到盖拉辛出来。

夏季晴朗的一天，客厅。老太太正和客人说笑。她无意走到窗前时，正好看见木木在忙着啃一块小小的骨头。

“噢，快看啊，那是只什么狗！”老太太惊叫起来，“赶快把它弄进来，好让我瞧瞧。”

女仆立即跑出去，大声叫道：“斯杰班，把木木弄进来！”

这时，盖拉辛正蹲在厨房里，像儿童玩弄小鼓一般敲打着水桶。他要把里面的污垢敲打出来，再把水桶洗干净。斯杰班进了厨房后，用手势把女主人的意思说了说。盖拉辛虽然有些吃惊，但碍于女主人的命令，还是把木木叫过来，然后交给了斯杰班。

斯杰班把木木抱到客厅，轻轻地放到地板上。老太太，这座房子的女主人，用温柔的、讨好的声音叫唤着木木，想让它走到跟前来。

木木第一次见到这么豪华的房间，显然被吓到了，于是冲向门口试图逃离。但是斯杰班守在门口，木木逃不出去，只能颤抖着紧紧地缩成一团，等待命运的摆布。

“过来，木木！别担心！”老太太高兴地叫道。

虽然女主人表现得非常友好，但木木还是局促不安，它四处张望，期望盖拉辛或者谁来解救自己。为缓和气氛，斯杰班从厨房拿来一块点心，轻轻地放在木木面前。木木不为所动，仍然恐惧地四处张望。

“你怎么了？这么好吃的东西，咋不吃呢？”女主人伸过手去，想摸摸它的头。

木木猛然回过头来，龇牙咧嘴。女主人吓了一跳，慌忙把手缩回去。她非常生气，厉声喊道：“这是一只蠢狗，太讨厌了！赶快把它给我轰出去！”

第二天早上，她又派遣仆人将管家叫来。“那只狗每天晚上都汪汪地乱叫，让我怎么睡觉？我们已经有一只狗看院子了，不需要那么多。是谁允许那个愚蠢的哑巴在院子里私自养狗的？那条肮脏的狗，昨天就在我栽玫瑰花的地方啃着一些不知道是什么的脏东西！今天一定要把那条狗撵走，不要再让我看到它，听见了吗？”

“是，太太。”管家点头哈腰，不敢有一丝怠慢。随后管家叫来斯杰班，对他吩咐了几句。斯杰班接到命令，脸上带着笑离去了。

过了一会儿，盖拉辛回来了，肩上扛着一大捆木柴。木木跟在他身旁。他走到门口，微微侧过身子，把木柴扛进了房子。木木像往常一样在外面等候着盖拉辛。斯杰班趁此机会突然扑向木木，像老鹰抓小鸡一样将木木按在地上，迅速将其制服。然后他抱起木木，一溜烟跑向附近的家禽市场。在市场里，他以半个卢布将木木卖了出去，并嘱咐买主好好看住木木，不要让它乱跑。他还说将它弄得越远越好，最好让它永远也不要再在这里出现。

可怜的盖拉辛放好木柴，从屋子里出来后，发现木木不见了踪影，心里着了慌。要知道，木木每次都安守在屋外等着他，这次跑到哪儿去了呢？盖拉辛找了半天，还是没有看见木木的身影，心里有了一种不好的预感。他六神无主，就像弄丢了自己的孩子一样。他冲到楼顶，又跑到放置干草的地方，再跑到街上去四处张望……

木木到底跑到哪里去了？

他沮丧极了，向每一位仆人弯腰作揖，四处打听木木的消息。那种悲痛无望的样子，简直无法用语言形容。他认识到在院子里是找不到木木的，就跑到外面去继续寻找。当他神情忧伤地回来时，天色已经完全黑了。人们从他那踉踉跄跄的脚步、极度疲乏的神态和沾满灰尘的衣服来看，估计他可能跑遍了半个莫斯科。

大家望着他那落寞的身影，心里也很难受。没有人要去嘲笑他，因为他失去了最亲的伙伴。他隔壁住着一位马车夫，第二天一大早，这位马车夫悄悄告诉大家说：“哑巴一晚没睡，我夜里醒来几次，都能听到他唉声叹气的声音！”

盖拉辛就这么一直在顶楼里待着，谁也不想见。直到第三天早上，他才肯走出来。盖拉辛吃饭的时候，只是自吃自的，不跟任何人打招呼。他那原本就毫无生气的脸，受过这般折磨后，变得更加冷峻了。他就如在寒山上待了几十万年的石头一般。吃完早饭，他又匆匆忙忙地出去了一次，但很快就双手空空地回来了。

夜晚，周围一片静悄悄，皎洁的月光倾洒下来，把整栋房子都照亮了。盖拉辛无心欣赏如玉盘般洁白无瑕的月亮，只是一味地唉声叹气，不时翻个身。

正在辗转反侧之际，他突然感觉到有个什么东西在扯动着他的衣服，难道闹鬼了吗？他吃了一惊，心里害怕，不敢爬起身来查看，反而闭紧了眼睛，好像这样一来，那不知是什么的东西就能离开似的。但是那东西似乎不打算放过他，又扯了一下他的衣服，而且这次明显用了更大的力气。

盖拉辛从草堆上跳了起来。什么？他不敢相信自己眼睛，迅速用手揉了揉。没错！他非常清楚地看到，是木木！它在他面前快乐地摇着尾巴，脖子上还残留着一段绳子。哪里来的绳子呢？一定是有人想困住木木，不让它逃出来。但是绳子还是被木木咬断了。面对失而复得的木木，盖拉辛激动得无法自已。他蹲下来，万分激动而又怜惜地将木木搂在怀里，生怕稍一松手，就会再次失去它。他还不断地亲吻着它，从鼻子到眼睛，反反复复地亲吻。他搂着木木，站在原地想了一会儿。该怎么把木木藏起来而不让人发现呢？当确信周围没有任何人发现他们后，他才疾步跑回到顶楼上，怀里紧抱着木木。

盖拉辛虽然不会说话，但并不愚蠢。其实，当木木不见那时起，盖拉辛就已经暗暗猜想到，一定是女主人下命令把木木赶走的。盖拉辛下定决心，一定不能再让木木离开自己。他悄悄去了厨房，拿了一块面包喂木木，又亲密地抚爱了它一阵。他把积压了多天的情感充分宣泄出来后，才轻轻地把它放在床上。他们一起睡着了。

盖拉辛该如何瞒过所有的人，将木木很好地隐藏起来呢？反反复复地想了一个晚上后，他认为，白天大家都在房子里进进出出，只能让木木一直待在顶楼上。他可以利用空闲时间悄悄给它带去食物，不让它饿肚子。到了晚上，大家都去睡觉了，再把木木带出顶楼去外面嬉戏。打定了主意，天还没亮，到处黑乎乎的，他就已经起来准备干活了。出门前，他先把门上的洞用旧大衣塞紧。这个洞是他先前为方便木木出入而打的。然后，盖拉辛装做什么事也没有发生，到院子里卖力干活去了。

自从木木奇迹般地回来后，盖拉辛因心里有了寄托，干起活来更轻快也更卖力了，他把院子每一个角落都打扫得一干二净，还特意将杂草一根根地拔掉，连挑剔的女主人也夸奖他如何能干，还让其他仆人都要以他为榜样。

盖拉辛白天一有空，就偷偷地带着食物回到顶楼上，照顾木木，喂它吃饭。到晚上，到了夜深人静、四处无人的时候，盖拉辛才敢带着木木出去溜达。他们在新鲜宁静的空气里悠然自得地散步，别提多开心了。

那天夜里，盖拉辛领着木木回顶楼的时候，意外发生了。木木被一阵来历不明的响声惊动了，吠叫了起来。盖拉辛很着急，叫它赶紧闭嘴，可木木就是不听，自顾自地叫着。盖拉辛感觉到木木这么叫下去，离大祸就不远了。他赶紧抱起木木，咚咚咚地跑到楼顶上，将自己和木木严严实实地反锁在屋里。

吠叫声已经把女主人给惊醒了。她欠起身来，愤怒地嚷道："又是那只疯狗！你们听听，那只疯狗还在院子里，它还在叫呢！是谁那么大胆放它回来的？"

管家听到狗叫声大吃一惊，这狗竟然回来了！这意味着什么？意味着他这管家没把事情处理好！他恼羞成怒，立即跑到院子中央，并吩咐人把院里所有的仆人都叫起来。他准备好好处理这件事情。

管家带领着几个人，循声赶到了盖拉辛住的顶楼。他们手里都拿着粗长的棍子。他们狠狠地砸着门，大声叫嚷道：“开门开门，快点出来！”

过了一阵子，门敞开了，盖拉辛如石膏像般站在那里，定定地望着他们。见此阵势，管家反而有点不好意思了，向盖拉辛解释，说他们是奉了女主人的命令才来的，是女主人讨厌盖拉辛养的那条狗，坚持要把它弄走。盖拉辛朝木木指了指，然后用手向管家和另外三人比画起来。他张开两只手掌，把自己的脖子握住，好像是用一根绳索将脖子紧紧勒住一样。那样子好像是向他们声明，既然是女主人下达的命令，他愿意由自己来承担这项处死小狗的任务。管家看着盖拉辛认真的样子，只得点点头，表示他同意由盖拉辛来处死木木。

盖拉辛轻蔑地朝他们笑了笑，又挺直身子拍了拍胸膛，再次做出保证完成任务的决心，然后“砰”的一声，用尽力气把门关上了。天真的木木一直都站在他身边看着他们，不明就里的它殷勤地向盖拉辛摇着尾巴，并露出一种想了解发生了什么的表情。

大约过了一个钟头，盖拉辛拉开顶楼的门，走了出来。他穿上了最好的衣服，手里牵着一根绳子，绳子拴着木木。所有的人都站在院子里，同情地看着他牵着木木走出院子。

盖拉辛牵着木木，一声不响地走进了附近的一家小饭馆。

他点了一份放了牛肉的菜汤，然后坐在桌子跟前，胳膊无力地支在桌子上。木木顺从地站在盖拉辛的椅子旁，用它那双黑溜溜的大眼睛，默默地望着他。木木身上的毛发光溜溜的，任谁都能一眼看出，盖拉辛在出门前的那一个钟头里，一定仔仔细细地将它的毛从头到尾梳过了一遍。菜汤来了，盖拉辛将盘子挨着木木放在地上。

可爱的木木，仍用它那惯常的姿势低头去吃东西，头低得不太高也不太低，刚好使它的嘴能挨到食物，而不会弄脏下巴或者鼻子。盖拉辛凝视着它，望了很久很久，两颗眼泪突然从他脸上滑落下来，其中一颗滴到了木木的额头上，另外一颗掉进了汤里。为了不让人看到，他用手挡住了脸。

等木木吃饱后，盖拉辛仍旧牵着木木，在街上不慌不忙地走着。路上，他看到有两块砖头，便捡起来挟在腋下。走到那条河边——他当初就是在这儿救起木木的——有条船停靠在那儿，他带着木木跳上去，然后就朝河对岸划去。

他用尽了力气，划出几百米远，来到河中央。他丢下船桨，低下头去，将脸贴近木木的脑袋，木木也通人情地坐在横板上，亲热地面对着他。

最后，盖拉辛极力忍住内心的挣扎，猛然站了起来。他的脸上露出了一种悲痛欲绝的神色。他拿出绳子将两块砖头拴上，又在绳子的另一端打了一个活结，把活结套在木木温暖的脖子上。然后，他抱起身上拴着两块砖头的木木，将它举到静静的河面上。

木木对盖拉辛充满信任，此时依然如此。望着自己最信任、最亲近的主人，木木不但没有一丝畏惧，还朝他轻轻地摇摆着毛茸茸、像喇叭似的尾巴。

盖拉辛掉过头去，痛苦万分地皱着眉头，将举着木木的手放开了……

木木惨叫着落入水里，溅起了一大片水花，河面激起一层层涟漪。良久，当他再次睁开眼睛时，只见一排排小小的浪花从河面上荡漾开来，碰在船舷上。他抬头瞭望，只见在离船稍远些的地方，飘荡着一个大圆圈，正快速地朝着河的另外一边移动……

在岸上监视盖拉辛一举一动的园丁，匆匆忙忙地跑回家，将所看到的一切一五一十地向管家做了汇报。听了园丁的报告，管家高兴地说："他果然没有食言，亲自把它淹死了！他能这样做真是太好了，我们现在终于可以放心了。"

到了深夜，路上出现了一个高大的人影，他扛着一个包袱，手里提着一根木棍子，匆匆忙忙地朝城外走去，仿佛有什么万分火急的事情正等着他去处理。他就是哑巴盖拉辛。

黑暗中，他挺着厚实的胸膛，一刻不停地阔步向前，一双充满忧伤和哀怨的眼睛幽幽地注视着前方……

预定的礼物

在他们尚未重逢的时候，这只小狗能够陪伴她，给她带来慰藉。

佚名

丈夫终于还是走到了生命的尽头。实际上，当医生将癌症晚期的病危通知书交到斯特拉手上的时候，她就已经做好了承受这一切的心理准备。正如之前所预料到的那样，丈夫戴夫走了，这是无法抗拒的。难以名状的孤独围绕着她。她不知道自己的生活将走向何方。

富足而充实，这是他们曾经的生活状态。他们没有孩子，工作又是那样的劳碌，但是他们依旧感到幸福。他们相濡以沫，愉快地过着生活，周围总是围绕着许多朋友。只是这一切都已经过去，成为了“曾经”！现在，斯特拉的心是那样的痛苦，她失去了钟爱的丈夫，朋友也一个一个相继离开。大家都已经老了，不再是韶华灿烂的少年。

圣诞节就要来临了，斯特拉再也高兴不起来了。戴夫已经不在了，斯特拉倍感孤独。今年的圣诞节，她只能一个人过了。

收音机中正缓缓流淌着圣诞夜曲，旋律那么优美，可是斯特拉实在无心倾听。她颤抖着枯瘦的手，将音量调低。原本欢快激昂的曲子，这个时候听来忧郁柔和了许多。斯特拉惊奇地发现，地上竟有封信。她轻轻弯下腰，颤抖着手——实际上关节炎带来的痛楚已经折磨了她好多年——捡起白色的信封。她坐在钢琴凳上，拆开了它。她发现，有好多张圣诞贺卡静静地躺在里面。

圣诞卡上的图画是那样的精美，圣诞寄语是那样的熟悉，是那样的温馨。斯特拉忧伤的眼眸中，情不自禁地泛起了些许柔和的笑意。她将这些贺卡放到钢琴顶上。以前她也是这么做的，钢琴顶上叠放得整整齐齐的旧贺卡可以作证。

还有不到一个星期就是圣诞节了，斯特拉没有心情为她的房子准备任何的装饰品。她连圣诞树都懒得准备了。在她看来，怎样都无所谓了。戴夫做的马厩模型还在，可斯特拉无意把它摆出来。

难以忍受的寂寞与孤独彻底吞噬了斯特拉。她双手捂住瘦弱的脸颊，泪水从指缝中渗出来。她心里一片茫然，不知道怎样才能熬过圣诞节，以及此后的漫漫寒冬。

突然，门铃响了起来。它响得那样突兀，让斯特拉忍不住低声惊呼。这个时候还会有人将她惦念吗？斯特拉感到难以置信，她小心翼翼地站在玻璃风门前向外张望，想确定自己是不是听错了。实际上这很有可能。

可是，她看到走廊上站着一个年轻人。斯特拉看不到他的脸，因为他的脸被他手里捧着的大盒子给挡住了。他的身后还停着一辆车，车道上留有清晰的车辙。斯特拉记不起自己在哪里曾见过他。不过她还是把打开了一条缝隙。那个陌生的年轻人侧身站到一旁，然后礼貌问道："请问，您是不是桑霍普太太？"

斯特拉微微点点头。得到肯定回答的年轻人继续说道："太太，有您的一盒礼物在这里。"

斯特拉好奇极了，她终于拉开了房门，让年轻人进了屋。年轻人小心翼翼地将那个大盒子放在客厅的地板上。他始终面带微笑，这让斯特拉感到安心。紧接着，年轻人将一个信封从口袋里掏出来递给她。

可是就在她去接的刹那，大盒子里突然传出一个声音。她受到了惊吓，立即又变得紧张和戒备起来。年轻人连忙道歉，然后微笑着俯身，将大盒子的盖子打开，请她看一看，让她了解他是没有恶意的。

狗！斯特拉看到了一只狗！更具体来说，那是一只金黄色的、幼小的拉布拉多犬。年轻人温柔地将它抱在怀中，笑着对斯特拉说："太太，这是您的！给您！"

被拘禁的小家伙陡然重获自由，看上去高兴极了，身子不断地扭来扭去。它还伸出舌头去舔年轻人的脸庞，以至于他不得不竭力躲避。这样一来，他说话显得有些不便。

"太太，请原谅！我们不得不将您的圣诞礼物提前送来。因为明天就是养狗场工作的最后一天了。"

斯特拉惊讶极了，她简直都不能让头脑保持清醒了。她不明所以，无法理解眼前发生的一切。她最后结结巴巴地说："但是……我不……我的意思是……谁？"

年轻人将小猎犬放到门垫上，并伸出手指碰了碰她已经接了过去的信封，说："太太，这封信会对您解释一切。事实上，这条狗被购买的时候，它还在妈妈的肚子里呢。它本就是为您预订的圣诞礼物。"

说完，年轻人转身便要离去，他已经完成了他的任务。斯特拉很焦急，问他："但是……先生，请告诉我，礼物是谁买给我的？"

年轻人在门口停下脚步，他回答："是戴夫·桑霍普先生，您的丈夫。"

展开信纸，看着那熟悉得不能再熟悉的字迹，斯特拉的眼睛立即蒙上了一层水雾。她不知道自己是怎么挪到窗边在椅子上坐下的，她以为自己是在梦游。至于那只金黄色的小猎犬，此刻早已经被她忽视了。她擦干泪水，让视线不再朦胧。她迫切想知道戴夫都在信中对她说了什么。

这封信是戴夫在逝世前的三个星期就已经写好了的。他没有将它直接交给斯特拉，而是让那位养狗场的场主转交给她。他嘱咐场主，一定要选在圣诞夜，将这只小猎犬和信一起送到斯特拉的手上。

整封信中，充满了戴夫浓浓的爱恋。他爱她，他的话语永远都那么富有感染力。他告诉她要坚强，鼓励她努力活下去。他提出忠告，希望她不要因为他的离去而悲伤，因为他们终究还会再见，在另外的一个世界。他向她保证自己一定会等她。他也希望，在他们尚未重逢的时候，这只小狗能够陪伴她，给她带来慰藉。

斯特拉读着读着，这才惊觉自己忽略了那只小猎犬。她发现，它一直都静静地陪伴在她的身边。她感到惊奇极了。它呼哧呼哧地喘着气，吐着舌头，俨然一个人正扮着滑稽的笑脸。斯特拉将这小家伙抱进怀里，信被她暂时放到了一旁。小家伙比她想象中的还要轻柔，它软软的毛发，给人暖暖的感觉，就像是一个沙发垫。

斯特拉搂着这个小家伙，小家伙则偎依着她，像是一个孩子偎依着自己的母亲。这般无言的温馨让斯特拉潸然泪下。然后，她轻轻地将小家伙放在膝盖上，十分认真地打量着它，凝视着它。她急切地拭去脸上的泪水，向它露出了温和慈爱的笑容。

“我想我们要一起度过以后的日子了，对吗，小家伙？”她说。

小猎犬俏皮地吐了吐它那粉红色的舌头，看着她，喘着气，似乎在表示附和。她很开心，笑着看向一旁的窗棂。

夜色悄悄地降临了。窗外下着大雪，纷扬的雪花中，隔壁邻居家悬挂在屋顶边缘的圣诞彩灯是那样的明亮。一阵悠扬欢快的《普天同庆》乐曲透过窗户飘了进来，在她的耳际萦绕着。

这一刻，她觉得幸福的潮水包围了她，就像是戴夫的怀抱一般温暖。她的心脏跳动得有些吃力，这当然不是因为孤独和忧伤，因为此刻只有喜悦充盈着内心。

斯特拉又将目光转向了小猎犬。她对它说："小家伙，你还不知道吧，有一个盒子——里面有一棵圣诞树，还有一些装饰物和彩灯——它就在地下室里，你一定会喜欢的。哦，我还能为你找到那个模型，旧马厩的模型。现在我们一起去找找。这是个不错的主意，你觉得呢？"

她敢确定，小猎犬一定听懂了她的话。它高兴地冲着她叫。她将它轻轻地从膝盖上抱下来，放到地板上。然后，他们朝地下室走去。他们要过一个属于自己的快乐圣诞节，而现在必须为此准备一下了……

一只狗的告白

从你的表情，我看得出你着急离开。我还明白，自己的日子不多了。

佚名

小时候的我，是一只顽皮的小狗。我的顽皮给你带去了很多欢乐，常把你逗得捧腹大笑。你叫我“孩子”，尽管我啃烂了不少鞋子、靠枕。面对这些被咬得破破烂烂的东西，你都没有发火，依旧把我当作最亲近的朋友。每当我干了什么“坏”事，你都只是轻摇手指，故作生气，对我说：“你怎么可以这样做呀？”你总是会原谅我的过错，并把我扑在地上，揉搓我的肚皮。

你一直希望把我乱啃东西的坏毛病改掉，但你工作很忙，没有太多的闲暇。我仍记得那些夜晚，我跳到你的床上，用鼻子拱你，倾听你心中的理想，分享你隐藏的秘密。你经常带我到公园散步，带我乘车兜风。有时你要停下来买一根雪糕，但你只给我吃剩下的雪糕筒，因为你说狗狗不能吃雪糕，雪糕会伤身体。

我一直觉得，那段日子是最完美的日子。

渐渐地，你把更多的精力用于工作和恋爱上，而我一如既往地等你回来。当你感到伤心失望时，我安慰你，鼓励你。就算你犯错了，我也从来不责怪你。我最高兴的事情就是蹦蹦跳跳地等你回家。你和她的恋爱发展得很快，你们不久后结婚了。她成了我的女主人。

她是一个“爱狗之人”吗？不是。但我还是对她百依百顺，尽力表达出我的热情。我知道，只要她高兴，你就能感到幸福；而只要你感到幸福，我也就很欣慰。

后来，你们有了爱情的结晶，我完全可以感受到你们的喜悦。你的孩子们有着粉红色的脸蛋，有着乳香的气息，把我深深吸引住了。我真想化身为一个母亲，好好照顾他们。遗憾的是，你们怕我会伤害孩子，所以把我隔离开来。这么着，大部分时间我都被关到另一个房间里，有时还会被关进笼里。

主人，我很想爱你们的宝宝。可现在呢，我却变成了“爱的囚徒”。孩子们一天天成长着，我成了他们的知心朋友。孩子们喜欢和我玩耍，他们拉着我的毛，从地上蹒跚地站起来；他们喜欢亲我的鼻子，还常常对我的耳朵进行研究。

我热爱孩子们的一切，特别是他们的抚摸。说起来，你已经很少和我沟通了，也很少抚摸我了。如果需要，我愿付出我的一切去保护孩子们。有时我偷偷地溜上他们的床，听一听他们的忧虑和梦想。我常常和他们一起等待着你回家。

在你没结婚之前，当别人问起你有没有养狗时，你肯定会拿出钱包，取出我们的照片，然后愉快地跟别人聊起我。可最近几年，别人问起这个问题时，你显得漫不经心。我的地位变了，从“我心爱的狗狗”变成了“只是一只狗”。还有，在我身上每花一分钱，你都很计较了。

现在的你，事业有了进一步的发展，所以你们全家要移民到另一个城市。听说，你们的新家是一栋禁止养宠物的公寓。所以，你得做个选择。我曾经是你唯一的亲人，但如今，我只能做出必要的“牺牲”。

当你把我塞进车里，我还很高兴，以为会跟着你们到新的城市。直到看见动物收容所的门牌，我才明白，这里才是我的“新家”。这家收容所里到处是流浪猫、流浪狗，不时袭来一阵让人害怕和绝望的气息。

你冷淡地把手续办好，对收容所的工作人员说道：“她的归宿就靠你们了。”

工作人员耸耸肩，一副为难的模样。他们明白，我已经是一只到了中年的狗了，虽然证件齐全，也是很难找得到好的归宿的。

你的儿子对我不舍，他紧紧地抓住我的项圈，哭着说：“求求爸爸，不要这么做，好吗？”但是你强行掰开他的手指，还是把我留在了这里。

我开始担心你的孩子，因为你前不久才告诉他，做人应该尊重生命，应该重视友情，应该懂得忠诚、责任以及爱。

此时，你回避与我眼神交汇。你轻拍一下我的头，和我说了一声再见。你还礼貌地表示不带走我的项圈、皮带。从你的表情，我看得出你着急离开。我还明白，自己的日子不多了。

你离开后，那两位善良的工作人员说，几个月前你就确定了自己要搬到别的城市去了，但你没有想过给我找一户好人家。她们摇摇头，说你怎么可以这么狠心呢？

这里每天都很忙碌，工作人员很少有时间休息。但只要她们稍微有点空闲，就会尽心照顾我们。在这里生活，其实还是可以的，不愁吃不愁喝，但我的胃口一直都不开。你离开后，每当有人路过我的笼子，我都会激动地跑去，希望可以看到你。我希望你会来接我，希望我在这里的日子只是一场梦……

我渴望离开这里。但是当我认识到，自己无法跟那些可爱的小狗争宠后，便也不再抗争了。我独自默默地待在角落里，等待着自己即将到来的命运。而他们，那些嬉皮笑脸的小狗，却对自己的未来一无所知。

那天傍晚，我听到有向我这边走来的脚步声，是一个女人。她把我带到了一间安静的房间里。一路上，我蹑手蹑脚地跟在后面。我已经料到将要发生的事情，心脏猛烈地跳动起来；同时，一种解脱感油然而生。进入房间后，她把我放到一张桌子上，轻轻地揉捏我的耳朵。她给我安慰，要我不必太担心。

她温柔地给我的前腿绑上止血带。这时，她已经泪流满面。我伸出舌头，不断地舔她的手，就像以前你伤心时我给你安慰那样。她用娴熟的手法在我的静脉上打了一针。我感觉到一阵刺痛，有冰冷的液体很快涌遍我的周身。我变得昏昏沉沉，看着她的双眼，我小声说道：“你怎么可以这么做呢？”

她好像明白我在说什么，就回答：“真是抱歉。”

她把我紧紧抱住，解释道这是她的本职工作。她许诺要把我带到一个美好的世界里。那里充满爱和光明，与尘世截然不同。我在那儿不会被别人冷落，不会受到欺凌，不会被遗弃，更不必孤独地活着……

我使尽全身力气，用尾巴在桌子上重重地敲了一下。我很想告诉她，我说的这句“你怎么可以这么做呢？”并不是对她说的，而是对你——我最爱的主人——说的。

我一直在想念着你，也将永远想念你。愿你生命中的每个人，对待你都如我这般忠诚。

你在这里，真好！

虽然这只小狗瘦得可怜，全身的毛也没有光泽，但那双眼睛却闪烁着晶亮的光芒。

佚名

埃里克·西尔的脚旁，伏卧着一只瘦骨嶙峋的小狗。它看上去只有五周大。它是一只杂种母狗，是被谁半夜扔在西尔夫妇家门口的。

埃里克对他的妻子杰弗里说：“不用再说了！我们是绝对不可能养它的，因为真的不需要，即使要养也要养一只纯种的。”

杰弗里假装没听见，轻声地问：“你说这只狗是什么品种的？”

埃里克摇摇头，说：“我也不是很肯定。应该是只杂种德国牧羊狗吧。你看她身上带色彩的斑点和半耷拉着的耳朵，应该是。”

杰弗里见他态度温和了些，就马上说：“我们可以不收养它，但也不能让它在外面流浪吧。先喂她吃点东西，给她洗个澡，然后再为她找个家吧，你觉得呢？”

小狗就在他俩中间，一会瞅瞅这个，一会看看那个，眼里充满了期待，并不时摇摇尾巴，就像在等待即将被宣布的命运。埃里克发现，虽然这只小狗瘦得可怜，全身的毛也没有光泽，但那双眼睛却闪烁着晶亮的光芒。

埃里克最后妥协了，他无奈地说，“好吧，随便你吧！你想收养她可以，但你要明白我们并不需要。”

杰弗里笑了，她抱起小狗，随着埃里克回到屋里。埃里克接着说，“特克斯够辛苦的了，过几天再过去吧。”

西尔夫妇有一只六岁大的牧羊犬，叫特克斯。特克斯从小就是他们夫妇养大的，是由澳大利亚牧场主培育的品种，品性温顺，很好驯服。虽然他的窝已经分了部分空间给了一只黄猫，但他还是很愿意再腾出些地方给这只新来的小狗。

现在西尔夫妇管这只小狗叫海因茨。

西尔夫妇发现，特克斯看东西的能力似乎越来越差，怀疑他的视力出现了问题。兽医一检查，说是患了白内障，但通过手术应该是可以去除的。但是达拉斯眼科专家在检查后却认为，他是有白内障，不错，但这只是导致他视力变差的一个原因。为了进一步确认，专家在当地大学的兽医学实验室为他预约了门诊。最终的认定结果是，特克斯其实早已失明。医生们还说，即便发现得早一些也没用，任何药物或手术都阻止不了他视力逐渐衰弱的趋势，哪怕是延缓都难以做到。

回家的路上，西尔夫妇谈起特克斯在黑暗中是如何生活时，才对一些事情恍然大悟：门明明开着，特克斯为何还是会撞到；鼻子为何撞到铁丝围栏上；走路为何都是沿着石子道。原来，他的视力出现了问题，只有沿着石子道，才能保证不会走错路。

西尔夫妇为特克斯失明一事到处奔走着。转眼间，海因茨已经长大了不少，胖嘟嘟的，而且活泼可爱。尤要提及的是，先前没有光泽的皮毛，如今已闪烁着健康的光泽了。

这只德国杂种小牧羊狗将很快变成大狗，再跟特克斯、黄猫挤在一个窝，显然是不可能的了。于是，西尔夫妇又建了一间新的狗屋，两个狗屋并排在一起。

也就在那时，他们才突然意识到，海因茨跟特克斯玩耍时，那些拉啊、拽啊什么的，并不是因为他们爱瞎闹，而是有其他原因的。

每天傍晚，要走进狗屋时，海因茨就轻轻咬住特克斯的鼻子，慢慢拉着他。次日早上，海因茨叫醒他，以同样的办法带他出去。走到门口时，海因茨就用肩膀引着特克斯穿过去。如果沿着狗圈围栏奔跑，海因茨就奔跑在特克斯和围栏之间。

看吧，在未经受任何训练的情况下，海因茨成了特克斯的私人导盲犬。

杰弗里说："天气晴朗时，特克斯常卧在柏油车道上，四脚朝天，享受着阳光的沐浴。如果有车过来，海因茨就会叫醒他，使他脱离危险。有好几次我们看见，特克斯被海因茨从马路边推开。起初我们不知道，他们俩为何能肩并肩在牧场上奔跑。直到有一天，他们陪着我去遛马时，我听见海因茨在'说话'。仔细一看，原来她在不断地轻轻咕噜着，好让特克斯一直跑在她身旁。”

西尔夫妇由衷地对海因茨感到敬佩。一只狗，在没有经受任何训练的情况下，想尽一切办法，发挥自己的聪明才智，给予她失明的同伴最大的帮助，以及最周全的保护。

很明显，海因茨不仅给了特可斯她的眼睛，也给了她一颗温暖的心！

我的朋友，原来你一直与我同在

回到家后，我把她埋在那片草地里。以前她最喜欢在那里玩耍。埋葬她，是我做过的最难受的一件事。

佚名

她来我家时，我刚刚八岁。爸爸是在工作时发现她的，那时她找不到家了，不知道该去哪儿。她已经很久没吃东西了。爸爸心里不忍，轻声说道："应该让你有个温暖的家。"

爸爸把货车的门打开，她马上跳了进去。爸爸说，一路上她不断地摇头，像拨浪鼓似的。她看起来很高兴。到家后，爸爸给了她一些吃的东西，好让她填饱肚子。爸爸还给她洗了个澡。当时我还在学校，但我的第一个宠物宝贝已经来到我家了。

我早就想养一只狗，但爸妈说不急，我得长大一些才行。等我大到可以承担责任了，我就可以养一只小狗，他们说。

我还不知道有个小宝贝在等我呢。直到放学后，走进家门，才看到了她。真是让我惊喜的一幕！她是一只黑白色的小狗，头戴红蝴蝶结。她朝我跑了过来，然后不断地舔我。从那一天起，我和她开始了一段特别的友情。

我想给她起个名字。哥哥们嘲笑她的尾巴太丑了，说就像畸形的一样。她摇尾巴不是前后摇的，而是转着圈儿的。哥哥们用手指捏着她的耳朵，说道："这也太奇怪了！"因此，她有了个名字——“斯科罗丽”。

我教斯科罗丽玩捉迷藏，有时候我们一玩就好几个小时。我们每天都粘在一起，一起长大，一起学习。

十一年了，我们建立了深厚的友谊。我对她无话不谈。但她渐渐老了，还得了关节炎。父母明白，她也许就要走了，就要离开这个世界了。父母没有给我做任何决定，而是让我自己处理。

斯科罗丽饱受病痛的折磨，后来药物也无法缓解她的痛楚了。她痛得都无法走动了。看着她可怜的眼神，我觉得应该让她安详地离开了。

我把她带到了兽医站，医生把她放到桌上。斯科罗丽的头向前倾着，她不断舔我的手。兽医拿一支镇静剂注射到她的前爪，她的表情十分痛苦，但很快就昏睡过去了。她的尾巴还微微摇动着。给她打针前，医生问我是否确定这么做。我眼含泪水，沉重地点了点头。

过了一阵，她的尾巴也不动了。医生摸摸了她的心跳后，对我说道：“结束了。”我用她最喜欢的毯子把她包好，带回了家。

回到家后，我把她埋在那片草地里。以前她最喜欢在那里玩耍。埋葬她，是我做过的最难受的一件事。

之后的很多年，我都没有到那里去看她，但最近专门去了一趟。我在她的墓地上发现了一株野花。我坐在墓碑旁边，看着这株野花在风中摇曳，感觉到它就如斯科罗丽的尾巴那般，绕着圈摆动。我终于明白，这位特殊的朋友并未走远，她用另外的方式一直与我同在。

老人与狗

我终于明白父亲的情绪为何这么低落了，因为他永远地失去了梅格。

佚名

在我的生命中，最难过的事当属与梅格的诀别。

以前，每当我需要她时，她总会义不容辞地出现。她已经是我生命的一部分。

过去十五年里，她始终是我最好的朋友。我开不开心，都要与她分享。她和我共同经历了我一生中很多重要的事情，比如结婚、生子、离异、丧母，以及陪伴久病的父亲。

我们把她安葬在花园角落里，那棵开满花朵的樱桃树下。那是她中意的地方。马修用木头做了一个十字架，劳拉则用红彩笔在上面写上了她的名字。

她离开后，有不少朋友建议我再养一条狗。但我觉得，梅格是无法替代的。

父亲因为中风，生活无法自理。但在大家的悉心照顾下，他终于有所好转了。不过我还是觉得，父亲的情况大不如前了。

梅格已经离开我们一个月了。有一天，我端着一个托盘，到花园去找父亲。他坐在长椅上，正晒着太阳。

“爸，来点茶和饼干吧！”我高兴地说。

他愣了一下，连忙把身子转过去，但我还是看到了他脸上的泪水。

我说："真是个好天气！"

"不错，吉尔。"父亲终于回答了，"是个不错的天气。"

"吃点吧，爸!"

他叹了一声，抬头看着蔚蓝的天空。

"孩子们就要放学了，"我笑着说，"等他们回来，您老人家想吃饼干，可得和他们争了。"

父亲微微一笑。我强忍着没有哭出声来。

"爸，我爱你。"我把手轻轻放在父亲的肩头，"你可得挺住。"

他故作镇定地耸了耸肩，回答我："我不明白你在说什么。"

"不，你清楚的。一直以来，你都在与病魔抗争，现在就要战胜它了。可是我觉得，爸爸您最近好像想放弃了。"

他叹了一声，拿了一块饼干，咬了一口，然后对着我笑了笑。

父亲的状态也让医生感到十分疑惑——"您的父亲除了中风留下的后遗症外，看不出有其他的病。不过您父亲的精神好像不太好，他应该受过什么打击。"

医生说得没错。父亲的血液检查结果很正常，其他方面的检查结果也如此。按理说，他应该恢复得不错，但实际情形却非如此。

我给父亲变着花样做饭，希望可以提高他的食欲。我还劝父亲出去兜兜风。但父亲的情绪始终那么低落。我很担心，担心我又要失去父亲了。

我的脑海中，不断浮现出父亲年轻时的样子。在我的印象里，他以前相当健硕，精力充沛。他那时常常把我扛在肩上。我们还常常在花园里追逐嬉闹。

每次父亲出去散步，我总会立马跟上去，在他身边疯跑疯跳。以前对生活充满热情的父亲，如今却只能端坐在花园中，把毯子盖在膝上，忧郁地凝视着前方。目睹着他巨大的改变，我的心几乎都要碎了。

父亲刚中风那会儿，只能躺在床上过日子。是梅格帮助了父亲，使得父亲可以重新站起来。每次想到梅格帮助父亲重新站起的情景，我总是忍不住笑出声来。

可爱的梅格从花园里找到一截木棍，她把木棍叼起来跑到楼上。我弄不明白她为什么这么做，就跟着上去了。我看到她把木棍放在父亲的床边，然后就后退了几步，摇摇尾巴。

父亲问："这是什么？"

她轻轻地叫了几声，然后蹭了蹭木棍。

"给我的？"父亲伸手去拿棍子，可梅格马上冲了上去，把棍子给叼走了。

这很快成了父亲与梅格的游戏。每当父亲要拿棍子时，梅格总会抢先把它叼走。后来，梅格直接把木棍扔到了地上。

这次梅格让父亲去捡木棍，自己则动也不动。

“吉尔!”父亲叫着我的名字，“吉尔!”

我走近父亲时，父亲正开怀大笑。他说:“你能扶我下楼吗？我想到花园里坐坐，这样我可以给梅格扔棍子了。”

“当然，爸爸！”我感到无比的激动。自打那时起，父亲的康复速度就变快了。

我和梅格友谊甚笃，而对父亲而言，梅格的地位更加重要。父亲已经离不开她了，对她有了深深的眷恋，他渴望她的陪伴。我终于明白父亲的情绪为何这么低落了，因为他永远地失去了梅格。父亲呆坐在花园里沉思，心中的痛苦怎么都不肯消失。

翌日，我把父亲在花园里安顿好，并嘱咐他看管那几个玩耍的孩子。

“我会很快回来。”我保证道，“爸爸，你觉得还好吧？如果你有什么需要，就让马修给你拿。”

“谢谢你，孩子。”父亲笑了笑，“不用担心，我会照顾好这一切的。”

我知道，我怎么做都不能取代梅格。我能做的，也许就是带来另一只狗，这样才可能弥补父亲心中的缺憾。

我此前从没去过动物之家，所以当踏进门内时，我吓了一跳！这里不仅有猫猫狗狗，还有一群兔子、一对小马和三只矮羊。他们都在等着新的主人。

动物之家有两位女工作人员。我忍不住把梅格的故事讲给了她们。

其中一位叫巴布斯，她把我领到了围栏的末端。于是，我看到了蹲在角落里的萨蒂，她不断号叫着，声音让人感到心碎。看见我们后，她才安静下来。她慢慢地走到笼子前，对我进行了一番打量。

我试图用手指去抚摸她，可她却躲开了，似乎有一丝害怕。我温柔地跟她说话，希望她能走到我的身边。过了一会，她的敌意终于淡了一些，走上前来舔我的手指。

“她挺温顺。”我嘴里这么说着，心里却泛起了嘀咕：萨蒂会喜欢我那几个淘气鬼吗？难以想象！我的心不禁凉了半截。

巴布斯对我说：“她的主人换了另一个住所，说是先把她寄养在这，一周后再把她接走。但事实是，到现在也没有半点音讯。现在萨蒂对任何人都不信任，不过只要她喜欢上你，那就难说了。”

我感叹道：“这主人也太狠心了！怎么可以这样做呢？”

巴布斯说：“哎，真是糟糕！萨蒂没有受到身体上的伤害，但她的心灵却遭受了重创。她需要重拾信心。她再也无法忍受孤独了。”

“她以后再也不会孤独了。”我回答。这时，萨蒂微微摇摇尾巴，她好像明白我在说什么。我说道：“请你相信，我的家永远都充满爱，充满温暖。”

当我们到家时，马修和劳拉都不在家。父亲依旧坐在花园里，迷茫地看着前方，他连看书的兴致都提不上来了。

“爸……”

他听到我叫他，转过身看我。当看到我不是独自回来的时，他一下子就愣了。父亲的眼睛直盯着萨蒂，我以为他会拒绝萨蒂加入我们家。但父亲并没有那么做，他反而主动和萨蒂打起了招呼。

“过来，小姑娘。”他温柔地说道，“我不会伤害你的。”

萨蒂犹豫着朝父亲走去——在他的毯子上嗅来嗅去。

父亲问：“她叫什么？”

我回答：“萨蒂。”

“你好，萨蒂。”

萨蒂在父亲腿旁坐了下来。父亲看萨蒂的眼神，就犹如看梅格时一样。他轻轻地抚摸着萨蒂的脑袋，目光中满是温存。

我对父亲讲了萨蒂的事，还告诉父亲萨蒂需要更多的爱。

听完萨蒂的故事后，父亲很生气。父亲是个善良的人，无论对人还是对动物，他都难以容忍任何形式的残忍。

“喂！”父亲淡淡地说：“我们得补偿萨蒂，让她过得更好。你怎么突然想起弄条狗回家呢？”

“啊，我……”

“没事儿，这样做挺好！”父亲轻拍我的手说道，“我明白你很想念梅格，孩子们也是一样。不过梅格已经离开了，你们可以到更远的地方散步了。我也可能跟着你们转转去。我可不想一直待在这里，度过我的余生。”

几个月来，父亲第一次提到将来，提到要去远处走走。我感到一股暖流在心田蜿蜒开来。

“我无法一下子就跟着你们走到很远的地方去，不过能逐渐恢复元气的话，我想……”父亲说。

这时，马修和劳拉回来了。一旁的萨蒂兴奋起来了。她跑向孩子们，就像看见了老友一样，亲切而又自然。我转过头看到父亲正开怀大笑。真是久违了，我想！

那些把萨蒂遗弃的人，他们有没有意识到究竟失去了什么呢？这是他们失去的，也是我们收获的。可爱的萨蒂，她在我们家找到了归属，她不会孤独，也不会失望。我想，萨蒂对此是清楚的。

梅格的离开带给我们全家的缺憾，被萨蒂用另外一种方式弥补了。

父亲并没有马上把萨蒂带出花园。他只是跟着萨蒂在花园里转悠，时不时跟萨蒂说上几句话，而萨蒂呢？看上去听得很专注。

昨天恰逢是梅格去世一周年的日子。过去的已经过去，新的生活已然开始。

孩子们在那棵樱桃树下，种上了几株雪花莲，这代表着我们对梅格永远的思念。

我期盼已久的奇迹，终于出现了！父亲慢慢走到厨房，取下了钩子上的牵狗带。萨蒂看到父亲这么做，兴奋得活蹦乱跳，绕着圈子不停地跑动。

父亲说："好了，我们要去散步，有谁想一起去吗？"

在这之前，父亲跟萨蒂只是绕着花园走；走累了时，他就把萨蒂交给我或者孩子们。父亲今天似与往常不同，所以我屏住了呼吸。

"我去！"马修边说边拿起外套。

"我也去！"劳拉大声说道。

我站在窗前，看着父亲牵着萨蒂，和孩子们走向对面的街道。父亲站在中间，他用手紧紧地拉住萨蒂的牵狗带，生怕萨蒂跑丢了一样。两个孩子伴在左右。走了一阵，父亲突然停下脚步。我的心骤然收缩，怕会发生什么事。父亲却笑了起来，声音十分洪亮。那一瞬间，我的眼泪飚了出来。

我马上冲出门厅，拿起衣架上的外衣就冲出了家门。

我大声喊道："爸！"

他们听到我的声音后，都转过头来。

"爸！"我就像一个六岁的孩子，"我想跟你们一起散步，可以吗？"

"来者不拒呀！"父亲笑着答道。父亲把自己的双臂伸了出来，让我感觉一下子回到了孩童时代。

我的心怦怦跳着，跑向父亲。我知道父亲已经无法像当年一样，把我高高抱起原地转圈了。但父亲把我抱在怀中时，我分明体验到了那种被宠爱的感觉。

我轻轻地说："爸，欢迎你回来！"

父亲把我搂得更紧了。

我的逝水年华

我虽出身卑微，生命却非平淡无奇，而是丰富多彩的。

〔英〕彼得·梅尔

人都说生活是不公平的，但也有好的一面。作为一条狗，我从来都没怨天尤人过，也没什么可后悔的。我只觉得一切主自有安排。假如按照上帝的安排，我应该是一条被绑在农舍外面的狗，忍受着狂风暴雨，没有主人的关心与疼爱，每天只有那点少得可怜的食物，生活只能用悲惨与凄凉来形容。不过，我们当中也有摆脱了卑微的出身，在竞争的世界中出人头地的。

我的一生充满了坎坷，如今回想起来仍是唏嘘不已。在很长的一段时日里，我终日在荒野中流浪，风餐露宿，还不时被人追赶。后来巧遇贵人，生命出现了转折……一切仿佛就是昨天发生的一样。

总的说来，我虽出身卑微，生命却非平淡无奇，而是丰富多彩的。我出生那天乱哄哄的。母亲在没有任何心理准备的情况下产下了我，她没有一点经验，老是抱怨睡眠不足、长疹子，很快就得了产后忧郁症。再后来，她便永远地离开这个世界了，那时我才刚刚学会站立。那是我第一次体验生离死别，第一次觉得生活有着十分残酷的一面。

我的首位主人是个可耻的骗子，不过我每次看到他，还是要摇头摆尾地巴结他。我得说，当年的溜须技巧远没有今天娴熟与高超，但为了生活，我只好拼命地摇尾巴，还假装高兴地发出尖叫声。

我总是忍不住地想，在他那讨厌的相貌下，是否有一个慈爱的灵魂？他也许终究会对我伸出欢迎的双臂。然而，我错了！我不过是一厢情愿。你应该有听过阴险、残忍这些词吧，它们用来形容他简直再合适不过了。最令人愤恨的是他的靴子，那双无法无天的靴子。我对人类的脚有恐惧感，全由于此。

那天早晨，我从废弃轮胎中走出来，伸了个懒腰，吸了一口清新的空气，准备开始无聊的一天。那家伙突然又出现在我的视野里，他依旧穿着那双可恨的靴子，此外还穿了一身好看的迷彩装：外面是行军夹克，插着一排子弹，肩膀两边分别挂着一个袋子和一支枪，头上戴着棕绿色的帽子。他这副模样，俨然圣经中那个英勇的猎人。更让我惊讶的是，他好像良心发现了，竟然给我松绑，让我上了一辆破旧的货车。

车子驶到一个林子里。我看了看，发现那里已经停有三四辆车，而每辆车上都载有一条狗。那家伙和另外那些狗的主人称兄道弟，他们走起路来都昂首阔步，还相互炫耀随身携带的枪械弹药。

就在这时候，有人抓住了我的颈背，把我从车上拉了下来，还命令我跑到林子里去。我快步跑向那边，发现前面灌木丛下居然有一只兔子，吓得两腿发软，全没了主意，不知要在地上打滚、装死，还是要逃之夭夭。后面整队人马却很兴奋，下达了许多命令，但我浑然听不进去。我从未上过战场，那么多子弹在头顶上嗖嗖而过，心里不害怕才怪。我撒腿就跑，跑得比兔子还快。不跑快不行啊，那些子弹可是不长眼睛的！

回家的路上，气氛凝重。我深知自己没用，猎狗应该具备的技术和灵巧我都没有。但这毕竟是我第一次出征啊！没人教我，我又怎懂得那些所谓的狩猎规则？但是为了不让这件事影响我们日后的和平共处，我还是主动表示了歉意，然而换来的却是主人的一顿打骂。

过了几天，主人想看看我是否真是“朽木不可雕也”，于是准备给我一点野外追猎的基本训练。他拿来一团东西让我嗅，嘀咕着说了几句，接着就把那团东西扔到20公尺外的杂草丛里。

他双手下垂，做出阻挡我冲出去的手势。我才不想动呢，就干脆躺下来了。主人彻底被激怒了，他把我扔到货车后面，然后发疯似的开车出去。到了树林边，他把一块小香肠扔到灌木丛里。

哈，这就是我的猎物了！我一头钻进小树丛，把整个树林搞得天翻地覆，却仍一无所获。过了约莫10分钟，我向后一看：天啊，什么都不见了！

于是，我成了一只流浪狗。我已是自由身，没有了任何束缚，想去哪里就去哪里，想做什么就做什么。只是，我不得不考虑食宿问题。

不消说，流浪的生活注定是艰难的。不过，这有什么关系呢？不是说“天将降大任于斯人，必先苦其心志，劳其筋骨”吗？我把这看作是对我的磨炼。我对未来充满了希望和憧憬。

后来，我沿着一条通往乡村的小径走着，忽然生出一种预感：一种全新的生活即将开始。遇见一位妇女，她从车上下来，热情地跟我打招呼，让我挺无所适从。谁能想到，她居然还邀请我上车！我多么感激她呀！

在女士的房舍前，我认识了未来的两个伙伴：一只是老母狗，邋里邋遢的，看上去应该是一只猎犬；另一只是拉布拉多犬，跛足，毛发呈黑色。女主人为了让我留下，召开了“家庭管理会议”，经过一番讨论，我终于被允许加入这个大家庭。

就这样，我留下来了。我舒服地躺在新家里，阳光照在我的肚子上。生活是如此美妙，那些到处流浪、三餐不定的日子已经成为过去。

在我正式成为这个家庭的一员后，主人对我进行了重新包装。这是应该的，是符合时代精神的。但是当我被“请”

进澡缸时，还是觉得很迷茫，不知如何是好。接下来发生了什么呢？全身淋湿、涂抹肥皂、冲洗干净、再涂肥皂，再冲水。然后他们拿出类似“除草机”的小玩意，对我的胡子、耳朵、尾巴，还有其他敏感部位进行修理。

我感到有点不是滋味，甚至品出了一丝羞辱的味道，但是接下来的礼遇却又让我十分受用。你瞧，有好多小甜饼可吃，有人不断地轻抚我，还能听到许多兴奋和赞许的呼声，好像我是个凯旋归来的英雄。

该给我取个什么名字呢？人们绞尽了脑汁，最后还是觉得越简洁越好，于是一致通过叫我“仔仔”。其实不管叫我什么，我都觉得不重要，只要每天都有好吃的东西，还有舒服的腹部按摩，我就满足了。

有道是“英雄莫问出处”，这话我赞同。虽然我出身卑微，但我自认为是一块璞玉。我天资聪颖，潜力无限，只是缺乏基本的社交礼仪罢了。从现在开始，我要学的东西还真多啊。

我以前不用碗吃东西，用碗吃饭有点窍门——你越着急，一头扑上去，碗就滑得越远。所以我把碗推到墙角，这样它就不会逃跑了。后来，我的技巧更加娴熟了，我把一只爪子固定就在碗中间，这样碗就动不了了。

我还了解到，吠叫要看对象、时机——如误闯进来的邻家狗，每月来访的杂志推销员，或是站在门口的陌生人。但不可以每次听到电话响就叫个不停，或是对来进行维修工作的水电工吠叫。还有，不可以在花园里肆无忌惮地挖掘。

我非常聪明，很快就学会了受人宠爱的秘诀。作为狗来说，我的确算是机灵的了，日常生活中的一些技巧那都是小菜一碟，我很快就全部掌握了。当然，如果我要走向外面的世界，还是要依靠我的主人。

跟一般的夫妇不一样，我的主人好像从来不去上班，总是热衷于在厨房忙碌。他们有很多身份不明的朋友，大都喜欢扯着嗓门说话，喜欢喝酒。他们为此还编出许多理由，比如生日啦、结婚啦、新年啦，或者岳母辞世，都会让他们聚在一起喝酒。最夸张的是，我见过有人以看到第一只杜鹃作为理由，喝酒玩乐。

老实说，人类太虚伪了，一方面说拒绝一切的享受，另一方面却无酒不欢。或许只有在酒桌上才能看到他们最真实的一面。那些看起来斯斯文文的谦谦君子，在酒桌上完全没了往日的风度。一开始也许还好，后来便一发不可收拾，客厅简直成了动物园。他们大杯大杯地喝酒，逮到谁就骂谁。他们骂公司的领导，骂不友好的邻居，骂正在竞选的议员们。有的人借着酒胆，对在场的朋友说了难听的话，以至于第二天清醒后不得不负荆请罪。

他们喜欢在背后爆出别人的秘密，而且总对那些成功的人嫉妒得咬牙切齿，双眼发红。只要躺在桌子底下，你就可以了解到很多社会新闻，了解到人类丑恶的一面。你一定会大开眼界。

我在成名之前，总觉得生活就像一杯白开水，时不时就想寻找一些刺激，比如搞些恶作剧、闯点小祸什么的。嘿，我还差点拍拖了，好在我悬崖勒马。我觉得将这些经历与大家分享一下也未尝不可。

人无完人，谁都会出错，何况我还是一条狗呢！以前我就闯过很多祸，不过每次我都能逢凶化吉，全身而退。

那天我跑到楼上，纯粹是为了寻找刺激。那个地方我从来没有去过，因此有种神秘感。那里的浴室和我们的倒差别不大，关键在于卧室的床，高低软硬刚刚好。真是一张好床啊，连枕头都有好几个，上面还铺着高级床单。我想了很久，也挣扎了很久，最后还是决定冒险到上面感受一下。这也符合我一贯的冒险作风，不是吗？我了跳上去，一边手舞足蹈，一边大声欢叫。我还把头靠在那柔软的枕头上，享受难得的温存。我以为自己做得神不知鬼不觉，然而一到晚上事情就败露了。

我以为自己的脚印很小，更糟糕的是忘记了脚底下还沾有泥巴，那是晨间散步时留下的。事实摆在眼前，我没有什么好解释的；当然，我不能就这样被“判刑”，我得充分发挥自己的聪明才智。本来呢，我打算让那两个同伴做替罪羊，后来我改变主意了，就坦诚地承认了自己的错误。我还摆出一副可怜相，表示愿意接受任何处罚。我甚至还流下了悔恨的泪水。结果怎样呢？你是想不到的，让我来告诉你吧。我最后得到了一顿丰盛的美餐。

观察了这么久，我发现人类最经不起情感的诱惑。不管是露骨的表白、深深的鞠躬、深情的凝视，还是一大早拼命摇尾示意，他们都经受不起。我做过一件很没有道德的事：把一只死老鼠拿到女主人面前，假装是我刚刚抓住的。她居然相信了！她感动得眼泪都差点流下来。

后来我总结出谄媚的七个绝招：①全身发抖；②四脚朝天；③抬起爪子；④轻触手；⑤靠着膝盖；⑥耍耍宝；⑦抱抱腿。因为篇幅有限，只能简单概括，如果你有兴趣，可以来找我，我们可以切磋切磋。

我那场轰轰烈烈的恋爱，年轻一代可以参考一下。当我发现自己居然注意起异性并对异性越来越感兴趣时，我觉得很难为情，但还是情不自禁。青春期嘛，内心总是容易骚动，特别是看到邻家那娇羞可人的小宝贝后，我更加魂不守舍。

我一有机会就偷偷跑去看她，而且从不觉得厌烦。真爱的道路坎坷难行，对两只狗而言怕是更加如此。我不知花了多长时间，藏身在农舍上方的草丛中静静地观察着，只为等待一个最佳的时机。

每天早上，农舍的女主人总带着我心仪的“芬芬”（如果我没有听错的话），到田野中去散步。之后，再把她拴在后门。这时我就会从草丛中发出缠绵的呼唤，芬芬一定是知道我的心意的。当我准备再向前一步时，农舍男主人就出现了。情况每每如此。男主人如同一个老怪物，挥舞菜刀，凶神恶煞地对我咆哮。但我并不害怕。

有件事让我心情跌落到低谷。一天，米文教授到邻家作客，带来了一只肥肥胖胖、四脚短小的狗。这只狗一看就令人生厌，反正我不喜欢。我想你该在狂犬病的防治海报上看过这种狗。芬芬看起来和这只小肥狗交情不错。两个狗主人喝起酒来，谈天说地，芬芬和小肥狗则在草丛中相互追赶，玩得不亦乐乎。我的脑袋简直就要炸了。

后面发生的事更让我无法直视。芬芬像个荡妇一样迫不及待，把小肥狗拉到房子一边，然后猛地扑向他，在他身上跳上跳下，四脚朝天地滚来滚去……我恨得咬牙切齿。回家的路上，每一步都走得那么艰辛。我的心死了，冷了。

从此以后，我那张梦中情人的名单中，永远没有了“芬芬”。所谓“天涯何处无芳草”，也许周日早上遇见的那两只哈巴狗姊妹，才是我理想的伴侣。

我得说，我的发迹纯粹是巧合。

有一天，家里来了位摄影师。他是个过路人，是为了讨一杯水喝才来的。他顺便欣赏了一会儿房子前面盛开着的美丽的薰衣草。我下意识地嗅了嗅他，并不是很想搭理他. 但他却突然把镜头拉下，即兴地为我拍了几张照片。

谁能想到，过了几个星期，天啊，我居然登上杂志了！我鬃毛林立，尾巴上翘，一副大无畏的模样。

之后，其他杂志和星探接踵而来；新闻记者、电视工作人员、四面八方的仰慕者前仆后继……对于这些没完没了的俗务，我只好尽量应付。最搞笑的是，居然有一对夫妻想要出售过期狗粮，偷偷摸摸的。但被我搞定了。

我的生活开始变得多姿多彩。我做模特，参加体育比赛，欺侮邻居的母鸡，和讨厌的猫打架……不过总算没出什么大事。我待人接物的水平也日渐提高，频频出入高级社交场合，颇有绅士风度。“时间会改变一切”，这话真的没错，现在我已经能用平和的心态面对一切了。

虽然我观察人观察了很久，但好像还是捉摸不清。我想，大概要用一生的时间才能弄明白人性这个东西吧。此外，如果一天到晚沉思生存的意义，对健康不会有什么好处。你可以看看那些哲学家们，他们就是最好的例子：到后来，不是像疯子一样胡言乱语，就是嗜酒成性，再不然就是在某个不起眼的大学里大谈存在主义。

我打算把我的经历写成一本书，并且已经有了初步构思，现在是搜集资料阶段。自成名后，各种纷扰令人心烦意乱。所以我常常到郊外的青草地上散步。每当看到那些单纯可爱、涉世未深的小狗们，我不禁想起自己的过去。

那时的我青春年少，血气方刚，怀揣着无数美丽的梦想。

在面对屈辱、坎坷与挫折时，也曾不屈不挠地奋斗过。现在回想起来，依然心潮澎湃。年纪越大，越喜欢在夜深人静时回忆过往，这你知道的。

如果让我选，下辈子我还要做一只狗。我相信上帝的安排。

嘿，你往哪儿逃

她把手放下来，让我舔了舔。我知道她会这样做的。

〔加拿大〕马歇尔·桑德斯

再有一个礼拜，就是圣诞节了。我在莫里斯的家经历了一场冒险，实在是惊心动魄。那天有雾，气温很低，我在火炉边慵懒地躺着。

这时门开了，贝西·德鲁里从外面走了进来。她父亲的房子就在马路对面。她是一个年轻的姑娘，围着漂亮的围巾，头上戴着一顶更加漂亮的帽子。

“哦，亲爱的莫里斯太太，”刚走进来，贝西就开口了，“今晚你能允许劳拉去和我做个伴儿吗？刚才有一封来自班格的电报找妈妈，说是科尔太太——哦，就是妈妈的姨妈——得了重病。妈妈必须去看望她，乘火车去，爸爸也陪着她一起去了。你瞧，没有劳拉的陪伴，我会很孤单。”

“没问题，”莫里斯太太回答，“劳拉也乐意和你在一起，我想。”

“那是自然。”劳拉小姐对她的朋友微笑，“放心，三十分钟内我肯定过去。”

“谢谢你，劳拉！”贝西开心地说。

贝西离开后，莫里斯先生才从报纸里探出头来：“屋子里有没有别人，我是说除了劳拉和贝西两个姑娘之外？”

“自然是有的，”莫里斯太太回答，“有个跟了德鲁里太太二十多年的老姆妈在，另外两个女仆也一定在，车夫唐纳德就睡在马厩里。这些人足够保护好她们的。”

“那就好。”莫里斯先生点了点头，继续看他的报纸去了。

劳拉小姐下楼时，挎着一个小包。见她要出门，我赶紧起身跟上。“乔，回去！你得回去！”劳拉这样说。她出去时，顺手带上了门。

糟糕透了！我感到非常烦躁，大声呜咽起来。我在地板上不断地转着圈。劳拉小姐太过分了，她不能这么对我。

“天！”莫里斯先生对太太说，“这只狗疯了，让他也去吧。”

“好吧。”莫里斯太太说，“杰克，带他过去。”

不多会儿，我们就来到了德鲁里家。杰克按了门铃，把我交给了开门的女仆。女仆把我领进屋子。我见到了亲爱的劳拉小姐。

钟指向十一点时，劳拉小姐轻声问道：“我们是不是该睡觉了？”

“嗯，是到睡觉时间了。”这是贝西小姐的声音，“乔要到哪里睡呢？”

“不晓得。”劳拉小姐回答，“在家时，他一般睡在马厩里，有时也跟吉姆睡在自己的窝里。”

“厨房火炉边怎么样？让苏珊在那里准备一张床，他会喜欢的。”贝西小姐建议道。

劳拉小姐认为这是个好主意。

苏珊很快就把床准备好了，可我不乐意在那里睡，不断地吠叫着。他们只好为我在劳拉小姐的床边铺了块毯子。我就是不想远离劳拉小姐。不过，劳拉小姐几乎快要生气了，因为她认为我太固执了，根本就是个赖皮狗。但是……怎么说呢？保护劳拉小姐是我的责任，我得紧挨着她。

劳拉小姐还是原谅了我。她把手放下来，让我舔了舔。我知道她会这样做的。她和贝西小姐聊了好久，然后才慢慢沉入梦乡。

我困了，躺在柔软的床上，也很快入睡了。不过丝丝的嘈杂声又把我吵醒了。嗯，被吵醒了两次。一次是因为劳拉小姐在床上翻身，一次是因为贝西小姐在梦中笑语。窗外，沙沙声不断响起，那是风在吹打树叶。那些树叶已经结霜了。

说也奇怪，我这时已经睡意全消。即便是睡着了，也睡得很浅。大厅里有只大钟，它一摇摆，我就会惊醒。夜已经很深了，我再次醒来，这次却是因为一个梦。我梦到了以前的家，梦到了拿着鞭子的詹金斯。詹金斯在后面追我，我则一个劲儿逃跑。

从梦中醒来，我绕着房间转了一圈。我几乎都听不到劳拉小姐和贝西小姐的呼吸了。她们的呼吸是那样的轻盈。我走到门外，看了看大厅。我轻轻地走进了姆妈的房间，因为她的房门开着。姆妈嘴里不停地念叨着什么，但实际上她睡得很死。

回到我的床上，我再次睡下，可是怎么都睡不着，一股不祥的预感牢牢地攫住了我的心。我不得不再次起身，重新走到楼梯上站着。我觉得有必要到大厅里转转，然后再睡。

德鲁里家的地毯非常柔软，简直像是天鹅绒。你踩上去，几乎发不出一点声响。我溜到楼下的大厅，在里面转悠着，好像一只猫。我闻遍了每一扇门，竖起耳朵倾听周围的每丝响动。在这黑暗中，光亮是没有，但如果有陌生人出现，我肯定察觉得到。

大厅尽头有一扇最远的门，当我晃悠到那边时，发现餐厅的门缝里透出一丝微弱的灯光，但转瞬又消失了。我感到一阵悚然，餐厅是大家吃饭的地方，现在早就过了晚餐时间，应该没人啊！

我蹑手蹑脚地走上前去，凑到门边闻了闻。我闻到了一股仿佛从乞丐身上散发出来的气味，很强烈，也很熟悉，像是詹金斯身上的。我打了一个激灵！不是像他身上的，就是他身上的！

我要疯掉了。天，詹金斯来这里做什么？这个卑鄙的家伙，他要伤害我亲爱的劳拉小姐吗？我开始大声咆哮，用爪子使劲挠门，甚至用身体去撞。尽管我实际上有些笨重，但这时却觉得自己那么轻盈，仿佛是一片羽毛。

我只有一个想法，就是一定要把门撞开，不然我肯定会疯掉。每隔几秒钟，我都要停下来把头靠在门槛上，听听里面的动静。显然，里面已经陷入了混乱，我听到了椅子被撞倒的声音，看上去有人正试图从窗户跳出去。

这样一来，我更加着急了，叫得也更加疯狂。我只是一只中等身材的狗，如果他抓住我，很可能会杀了我。但是，当时我来不及想这些。我当时愤怒到了极点，心里想的只有一件事：绝对不能让他逃掉！

我的声音是如此的大，无论是谁都会被惊醒吧？一声尖叫从楼上传来，紧接着便是脚步声。我来回跑动着，从大厅到楼梯，又从楼梯下来跑回大厅。我希望劳拉小姐不要下楼，却不知道如何才能传达给她。劳拉小姐身穿白色睡衣，靠栏杆站着。她用手抚摸着长发，脸上露出惊讶的表情，其中又掺杂着几分恐惧。

“他一定是疯了，这条狗疯掉了！”贝西小姐放声尖叫，“姆妈，快来，用水泼他！”

姆妈要清醒得多，这时飞速地跑下楼来，顾不上已经飞掉的睡帽。她拖着一条毯子在身后，那应该是随手从床上抓过来的。“房子里有贼！”姆妈扯着嗓子喊道，“他发现了贼！哦，贼被这只狗发现了！”

出乎我的预料，她没有跑去餐厅，而是打开前门，大喊：

“警察！警察在哪里？救命啊！这里有贼！快来救命啊！贼行凶了！”

姆妈的声音尖锐而高亢，委实令人惊讶得很！一个老妇人竟然能够发出这么大的声音。我跟着她一起急匆匆地出了大厅。此时，我突然听到了脚步声，是有人在逃跑。我赶紧大叫，呼唤着吉姆。与此同时，我赶在那人到来之前，跑到了门口。

我想那晚我的确是疯掉了。没办法，我敢发誓那人绝对是詹金斯。复仇的强烈欲望充斥着我的胸膛，我要将他撕成碎片。我对他穷追不舍，他当年也是这样对待我和妈妈的。此时我的心中充满了快感。

老吉姆赶过来了，我用鼻子拱了拱他。我是想让他明白，我很高兴他能这么快就赶过来。哦，詹金斯这个倒霉蛋，他竟然试图逃脱，这多么可笑！我们抓住了他，就在拐角的地方。我扑上去对着他咆哮，狠狠地咬住他的腿。那晚月光很昏暗，但当他转过身来的时候，我依旧能看清这个旧主人的样子。他，还是那样的丑陋！

被我和吉姆咬了，这让詹金斯十分气恼。他一边骂骂咧咧地说着什么，一边用石子丢我们。这个时候，前面突然传来一阵奇怪的口哨声，接着身后也传来一阵类似的声音。詹金斯跑向旁边的街道，他似乎对那两声口哨非常忌惮，所以才尽量远离。

我一次次地跟上他，扑向他。我不能允许他从我眼皮子底下逃脱。我跟他跟得那么紧，甚至还把他绊倒过一次。他是真的着恼了！他狠狠地踢了我一脚，接着用棍子打我，用石头丢我。

鲜血模糊了我的双眼，詹金斯在哪儿我几乎都看不清了。但是我不甘心就这么放弃，而老吉姆也发狂了，只要詹金斯敢来碰我，身后就会受到老吉姆的疯狂攻击。老吉姆顽强地跟他搏斗，咬住他的小腿就不肯撒嘴。

詹金斯逃到高墙边上，停在那儿，急忙地看了看身后，便开始往墙上爬。墙太高了，他能爬上去，但我不能。怎么办呢？我扯开嗓子大喊，希望有人相帮。他正爬墙，我跳起来抱住了他的腿，还咬他。我是绝不会松开的。

他竟然拖着我翻过了围墙。他的脸撞到了地上，要多狼狈有多狼狈。现在他爬起来，一步步向我靠近，目光里充满了仇恨。我已经孤立无援，老吉姆还在墙的另一边，他无法给我帮助。詹金斯直奔着我来了，如果没有意外，我的脑袋一定会被他摁住往墙上撞去，撞得粉碎。他就是这么凶残！我以前那些可怜的兄弟就是这样死掉的，他们的脑浆被撞得四处飞溅。

幸运的是，两个男人赶过来了！他们是被我和老吉姆的喊叫声引来的。他们越过了那堵在我看来很高的墙。他们身穿警服，手里持有警棍。詹金斯被他们抓住了，他好像觉得自己特冤枉，嘴里不住吼着："你们不可能抓到我，假如不是这条狗的话。哦，该死的，这还是我的狗！这是我自己的狗！"

"无耻的家伙！"一个警察严厉地训斥詹金斯，"大半夜的，你干了什么，竟然让自己的狗满大街地追！还有牧师家的狗，我们都知道他是多么温顺。"

詹金斯倒是没有辩解什么，不过他不停地诅咒着。这时，一扇窗户打开了，探出一个脑袋，叫道："喂，你们做什么呢？"

"抓贼，先生！如您所见，我们正在抓贼。"警察回答，"起码，在我看来，他一定是个贼。手铐我们没有带，能请您扔根绳子下来吗？我的同事着急去监狱，我要赶去华盛顿街，有妇女报案说那里发生了凶案。先生，能快点儿吗？"

绳子扔下来后，两秒钟都没用，他们就把詹金斯的手腕牢牢捆住了。"真是好狗！"一位警察称赞吉姆和我。

我们跟随着那位警察，走在了华盛顿街上。快靠近我们自己房子时，黑暗中闪出一丝亮光，接着传来嘈杂的脚步声。显而易见，姆妈的尖叫把邻居们都惊醒了。寒风中，莫里斯家的少年们全都跑了出来，冻得瑟瑟发抖。他们穿的太少了。那个拿着灯笼跑来跑去的男人是唐纳德——德鲁里家的车夫——他没戴帽子，头发现在还是竖着的。

灯火一片一片地亮起，很多人家都拉起窗帘，打开自家门，互相打探发生了什么事情。警察带着吉姆和我一出现，人们立刻围了上来，想从警察嘴里得到点什么信息，以满足他们的好奇心。

我和吉姆已经累晕了，就躺倒在地上，呼哧呼哧地喘着粗气，喉咙里不断有涎水流出。我俩身上都受了伤。吉姆背上的伤口挺重，那是詹金斯掷石头造成的。至于我，那更是伤痕累累了。

人们围着我们，发出了阵阵赞叹："多么高贵和勇敢的狗啊！"

我们由衷地感到骄傲。吉姆高兴地对他们摇起了尾巴。他还能够站起来，但我显然是做不到了。不过庆幸的是，莫里斯太太终于发现我受了重伤，她立刻抱起我往屋里冲，后面跟着杰克和吉姆。

我们来到大厅，火烧得很旺，劳拉小姐和贝西小姐都在。她们看到我们，立即从座位上跳起来，向我们冲了过来。她们悉心地为我们清洗流血的创口。

"乔，你太勇敢了，你是好样的！没有你，家里就遭殃了。"贝西小姐首先开口，"要是爸爸妈妈回来后知道了，一定也会这样夸赞你们的！不过，杰克，有什么新消息要分享吗？"

这个时候，莫里斯家的男孩子们都已经挤了进来。

"你家姆妈正在接受警察的闻讯，餐厅也在被检查，笔录做得非常顺利。你们知道发现了什么吗？"杰克手舞足蹈的，显得异常兴奋。

“究竟有什么发现？”贝西小姐问。

“你们的房子差点就被那个坏蛋烧掉了。”

“天！这是为什么，我是说……”贝西小姐发出一声尖叫。杰克语不惊人死不休，她显然被吓到了。

“警察经过仔细勘察，大致推断出来了事情的经过。这个坏蛋想要带走你家的银餐具。事实上，他已经用袋子将它们装好了。他还在你家房子附近泼了很多汽油，在他想来，只要用点着了汽油，他所有的罪恶就全部被掩盖了。”杰克这样说。

“哦，天！那样一来，所有的人都可能被烧死。”贝西小姐惊叫，“他不能单单将餐厅烧掉而让别的地方不着火。”

“是这样的。”杰克点点头，“所以才说，他就是个彻头彻尾的坏蛋！”

“杰克，这些已经被证实了吗？”劳拉小姐又问。

“那倒没有，这也不过是警察的猜测。不过，在装银餐具的袋子附近，的确发现了几滴汽油。”

“太可怕了！乔，好样的，我们都被你救了。”说着，贝西小姐就亲吻了一下我那红肿难看的脑袋。我舔了舔她的手。

第二天，德鲁里先生和他的太太回来了。这时，詹金斯的案子也查明了真相。詹金斯什么都交代了。10年的监禁在等着他，只愿他能好好地在里面改造，终能改邪归正，做个善良的人吧。

小黑狗

十三个小狗一个不见了！和两个月以前一样，大狗是孤独地睡在木台上。

萧红

象从前一样，大狗是睡在门前的木台上。望着这两只狗我沉默着。我自己知道又是想起我的小黑狗来了。

前两个月的一天早晨，我去倒脏水。在房后的角落处，房东的使女小钰蹲在那里。她的黄头发毛着，我记得清清的，她的衣扣还开着。我看见的是她的背面，所以我不能预测这是发生了什么！

我斟酌着我的声音，还不等我向她问，她的手已在颤抖，唔！她颤抖的小手上有个小狗在闭着眼睛，我问：

“哪里来的？”

“你来看吧！”

她说着，我只看她毛蓬的头发摇了一下，手上又是一个小狗在闭着眼睛。

不仅一个两个，不能辨清是几个，简直是一小堆。我也和孩子一样，和小钰一样欢喜着跑进屋去，在床边拉他的手：

“平森……啊，……喔喔……”

我的鞋底在地板上响，但我没说出一个字来，我的嘴废物似的啊喔着。他的眼睛瞪住，和我一样，我是为了欢喜，他是为了惊愕。最后我告诉了他，是房东的大狗生了小狗。

过了四天，别的一只母狗也生了小狗。

以后小狗都睁开眼睛了。我们天天玩着它们，又给小狗搬了个家，把它们都装进木箱里。

争吵就是这天发生的：小钰看见老狗把小狗吃掉一只，怕是那只老狗把它的小狗完全吃掉，所以不同意小狗和那个老狗同居，大家就抢夺着把余下的三个小狗也给装进木箱去，算是那只白花狗生的。

那个毛褪得稀疏、骨格突露、瘦得龙样似的老狗，追上来。白花狗仗着年轻不惧敌，哼吐着开仗的声音。平时这两条狗从不咬架，就连咬人也不会。现在凶恶极了。就像两条小熊在咬架一样。房东的男儿，女儿，听差，使女，又加我们两个，此时都没有用了。不能使两个狗分开。两个狗满院疯狂地拖跑。人也疯狂着。在人们吵闹的声音里，老狗的乳头脱掉一个，含在白花狗的嘴里。

人们算是把狗打开了。老狗再追去时，白花狗已经把乳头吐到地上，跳进木箱看护它的一群小狗去了。

脱掉乳头的老狗，血流着，痛得满院转走。木箱里它的三个小狗却拥挤着不是自己的妈妈，在安然地吃奶。

有一天，把个小狗抱进屋来放在桌上，它害怕，不能迈步，全身有些颤，我笑着象是得意，说：

“平森，看小狗啊！”

他却相反，说道：

“哼！现在觉得小狗好玩，长大要饿死的时候，就无人管了。”

这话间接的可以了解。我笑着的脸被这话毁坏了，用我寞寞的手，把小狗送了出去。

我心里有些不愿意，不愿意小狗将来饿死。可是我却没有说什么，面向后窗，我看望后窗外的空地；这块空地没有阳光照过，四面立着的是有产阶级的高楼，几乎是和阳光绝了缘。不知什么时候，小狗是腐了，乱了，挤在木板下，左近有苍蝇飞着。我的心情完全神经质下去，好像躺在木板下的小狗就是我自己，像听着苍蝇在自己已死的尸体上寻食一样。

平森走过来，我怕又要证实他方才的话。我假装无事，可是他已经看见那个小狗了。我怕他又要象征着说什么，可是他已经说了：

“一个小狗死在这没有阳光的地方，你觉得可怜么？年老的叫化子不能寻食，死在阴沟里，或是黑暗的街道上；女人，孩子，就是年轻人失了业的时候也是一样。”

我愿意哭出来，但我不能因为人都说女人一哭就算了事，我不愿意了事。可是慢慢地我终于哭了！他说：“悄悄，你要哭么？这是平常的事，冻死，饿死，黑暗死，每天都有这样的事情，把持住自己。渡我们的桥梁吧，小孩子！”

我怕着羞，把眼泪拭干了，但，终日我是心情寞寞。

过了些日子，十二个小狗之中又少了两个。但是剩下的这些更可爱了。会摇尾巴，会学着大狗叫，跑起来在院子就是一小群。有时门口来了生人，它们也跟着大狗跑去，并不咬，只是摇着尾巴，就像和生人要好似的，这或是小狗还不晓得它们的责任，还不晓得保护主人的财产。

天井中纳凉的软椅上，房东太太吸着烟。她开始说家常话了。结果又说到了小狗：

“这一大群什么用也没有，一个好看的也没有，过几天把它们远远地送到马路上去。秋天又要有一群，厌死人了！”

坐在软椅旁边的是个60多岁的老更倌。眼花着，有主意的嘴结结巴巴地说：

“明明……天，用麻……袋背送到大江去……”

小钰是个小孩子，她说：

“不用送大江，慢慢都会送出去。”

小狗满院跑跳。我最愿意看的是它们睡觉，多是一个压着一个脖子睡，小圆肚一个个地相挤着。是凡来了熟人的时候都是往外介绍，生得好看一点的抱走了几个。

其中有一个耳朵最大，肚子最圆的小黑狗，算是我的了。我们的朋友用小提篮带回去两个，剩下的只有一个小黑狗和一个小黄狗。老狗对它两个非常珍惜起来，争着给小狗去舐绒毛。这时候，小狗在院子里已经不成群了。

我从街上回来，打开窗子。我读一本小说。那个小黄狗挠着窗纱，和我玩笑似的竖起身子来挠了又挠。

我想：

“怎么几天没有见到小黑狗呢？”

我喊来了小钰。别的同院住的人都出来了，找遍全院，不见我的小黑狗。马路上也没有可爱的小黑狗，再也看不见它的大耳朵了！它忽然是失了踪！

又过三天，小黄狗也被人拿走。

没有妈妈的小钰向我说：

“大狗一听隔院的小狗叫，它就想起它的孩子。可是满院急寻，上楼顶去张望。最终一个都不见，它哽哽地叫呢！”

十三个小狗一个不见了！和两个月以前一样，大狗是孤独地睡在木台上。

平森的小脚，鸽子形的小脚，栖在床单上，他是睡了。我在写，我在想，玻璃窗上的三个苍蝇在飞……

花狗

都说这狗老死了，或是被咬死了，其实不是，它是被冷落死了。

萧红

在一个深奥的，很小的院心上，集聚几个邻人。这院子种着两棵大芭蕉，人们就在芭蕉叶子下边谈论着李寡妇的大花狗。

有的说：

“看吧，这大狗又倒霉了。”

有的说：

“不见得，上回还不是闹到终归儿子没有回来，花狗也饿病了，因此李寡妇哭了好几回……”

“唉，你就别说啦，这两天还不是么，那人花狗都站不住了，若是人一定要扶着墙走路……”

人们正说着，李寡妇的大花狗就来了。它是一条虎狗，头是大的，嘴是方的，走起路来很威严，全身是黄毛带着白花。它从芭蕉叶里露出来了，站在许多人的面前，还勉强的摇一摇尾巴。

但那原来的姿态完全不对了，眼睛没有一点光亮，全身的毛好像要脱落似的在它的身上飘浮着。而最可笑的是它的脚掌很稳的抬起来，端得平平的再放下去，正好像希特勒的在操演的军队的脚掌似的。

人们正想要说些什么，看到李寡妇戴着大帽子从屋里出来，大家就停止了，都把眼睛落到李寡妇的身上。她手里拿着一把黄香，身上背着一个黄布口袋。

“听说少爷来信了，倒是吗？”

“是的，是的，没有多少日子，就要换防回来的……是的……亲手写的信来……我是到佛堂去烧香，是我应许下的，只要老佛保佑我那孩子有了信，从那天起，我就从那天三遍香烧着，一直到他回来……”那大花狗仍照着它平常的习惯，一看到主人出街，它就跟上去，李寡妇一边骂着就走远了。

那班谈论的人，也都谈论一会各自回家了。

留下了大花狗自己在芭蕉叶下蹲着。

大花狗，李寡妇养了它十几年，李老头子活着的时候，和她吵架，她一生气坐在椅子上哭半天会一动不动的，大花狗就陪着她蹲在她的脚尖旁。她生病的时候，大花狗也不出屋，就在她旁边转着。她和邻居骂架时，大花狗就上去撕人家衣服。她夜里失眠时，大花狗摇着尾巴一直陪她到天明。

所以她爱这狗胜过于一切了，冬天给这狗做一张小棉被，夏天给它铺一张小凉席。

李寡妇的儿子随军出发了以后，她对这狗更是一时也不能离开的，她把这狗看成个什么都能了解的能懂人性的了。

有几次她听了前线上恶劣的消息，她竟拍着那大花狗哭了好几次，有的时候像枕头似的枕着那大花狗哭。

大花狗也实在惹人怜爱，卷着尾巴，虎头虎脑的，虽然它忧愁了，寂寞了，眼睛无光了，但这更显得它柔顺，显得它温和。所以每当晚饭以后，它挨着家是凡里院外院的人家，它都用嘴推开门进去拜访一次，有剩饭的给它，它就吃了，无有剩饭，它就在人家屋里绕了一个圈就静静的出来了。这狗流浪了半个月了，它到主人旁边，主人也不打它，也不骂它，只是什么也不表示，冷静的接得了它，而并不是按着一定的时候给东西吃，想起来就给它，忘记了也就算了。

大花狗落雨也在外边，刮风也在外边，李寡妇整天锁着门到东城门外的佛堂去。

有一天她的邻居告诉她：

“你的大花狗，昨夜在街上被别的狗咬了腿流了血……”

“是的，是的，给它包扎包扎。”

“那狗实在可怜呢，满院子寻食……”邻人又说。

“唉，你没听在前线上呢，那真可怜……咱家里这一只狗算什么呢？”她忙着话没有说完，又背着黄布口袋上佛堂烧香去了。

等邻人第二次告诉她说：

“你去看看你那狗吧！”

那时候大花狗已经躺在外院的大门口了，躺着动也不动，那只被咬伤了的前腿，晒在太阳下。

本来李寡妇一看了也多少引起些悲哀来，也就想喊人来花两角钱埋了它。但因为刚刚又收到儿子一封信，是广州退却时写的，看信上说儿子就该到家了，于是她逢人便讲，竟把花狗又忘记了。

这花狗一直在外院的门口，躺了三两天。

是凡经过的人都说这狗老死了，或是被咬死了，其实不是，它是被冷落死了。

爱的代价

长这么大，你见过像他一样难看的、惹人不快的狗吗？

佚名

“世界上没有人会同时养两只狗的，有谁能让两只狗在同一个屋檐下相处呢？”我为了阻止某些不可预见的麻烦事，极力想阻止孩子们的“危险”做法，因此固执而坚定地冲他们大声喊着。同时养两只狗？简直是荒唐！

根据以往的经验，只要不让鲍氏家族的孩子们给随便哪只小狗起名字，这只小狗就不能算是这个家庭中的成员。在我们这个家，取了名的动物就表明成了被喂养的宠物。进一步说，他就成了我们这个家庭的一分子了。

“无论如何，我们总得给他一个名字啊，要不我们怎么称呼它呢？”四个孩子对我的提议非常不满。

“既然这样，那好吧，就叫他X狗吧。”我说。孩子们都不约而同地皱起了眉头。可我现在最希望的，就是这件事能如肥皂泡般马上消失掉。要是果真如此，那就再好不过了。

可惜事与愿违，我寄予厚望的不取名策略很快宣告失败。小狗还没长大到可以断奶的时候，孩子们已经迫不及待地为它取了名字，亲昵地称呼它为“小淘气”。尤其让我感到沮丧的是，还没等我反应过来，这只小狗已经像壁炉一样，永远粘在了我们家，赶不走了。

我很恼火。这全怪安迪。安迪是一只杂种狗，一天来到我们家附近安扎下来。他无所事事，整天在大街上闲逛，到处寻花问柳。如果安迪没有出现在这里，或者他能收敛一些，事情也就不会发展到今天这个地步了。

安迪今年14岁，无人收养，四处流浪，是一直名副其实的野狗。他不仅浑身脏兮兮的，而且腿关节患有严重的关节炎，走起路来一瘸一拐的。虽然如此，他还是进了我们家那围得并不十分疏漏的院子。他遇上了我们喂养的纯正刚毛犬海迪。海迪已长到10岁，但仍是老处女。他们一见钟情，亲密了那么一会儿。

后来发生的事情证明，仅仅那么一会儿，安迪已经把自己的种子注入到了海迪体内。那是个阳光明媚、微风荡漾的春天，我们一家人带着海迪到佛罗里达度假，而那时我们并不知道她已经暗暗怀孕了。直到有一天半夜，我们吃惊地发现海迪蜷缩成一团，还发出了阵阵断断续续的呻吟声。

听到那个声音时，我们起初还以为那是从岸边传来的海浪的起伏声。但那声音似乎又夹杂着一丝痛苦的成分，我们的心都提了起来，便四处仔细查看，然后出乎意料地发现，原来那是海迪发出的呻吟声。

妻子雪莉将海迪检查了一阵后说，海迪正在努力生小宝宝呢。但是海迪的生产并不顺利，她一直痛苦呻吟着，直到天亮。小狗宝宝丝毫没有出来的意思。幸好，我们在当地找到一位兽医，他开车过来把海迪接到了自己的动物医院。他仔细检查一番后，打电话告诉我们大家，海迪之所以那么难生产，是因为肚子里的小狗长得太大了，挡住了海迪的产道。要是拖得太久，海迪和小狗都会有生命危险。听了兽医的话，我们非常担忧，每个人都坐立不安，来回走动。我们每隔一到两个小时，就迫不及待地打电话给兽医，了解海迪的最新情况。就这么等啊等啊，一整天里，大家连饭都忘了吃，只想着海迪一定要尽快把小狗生出来。一直等到傍晚，兽医打来电话，告诉我们海迪已经脱离危险，并顺利产下了一只小公狗。

“她的肚子里本来是有三只小狗的，”兽医说，“但由于拖的时间太久了，有两只小狗因为缺氧，一生下来就夭折了。只有最顽强的一只活了下来，简直是个奇迹。海迪平安无事，你们放心吧。”

焦急等待了一天的孩子们，瞥了一眼那只孱弱而顽强的小公狗。他像是一团脏兮兮乱糟糟的线球，紧挨着海迪躺着，闭着眼睛，贪婪地吮吸着海迪的乳头。孩子们哄叫起来，说：“爸爸，快看，安迪！它和安迪长得一模一样！”

“长这么大，你见过像他一样难看的、惹人不快的狗吗？”我试探地问妻子雪莉。

“其实挺可爱的，没你说的那么难看呀”她答道，话语里居然充满了赞赏。

“我倒也希望别人能和你一样这么想。”我说，“他不会跟我们太长时间的。”不过我心里清楚，这话还不如不说。

等到小狗长到了第10周，他就很讨孩子们的欢心了。令我不安又无奈的是，对于孩子们来说，这只小狗的魅力远远超过了所有那些附着在船底的、曾经令他们深深着迷的甲壳动物。虽然我极力地想不去搭理他，以免让自己也把他当作家庭成员，但也不能不承认，这只小狗长着一双相当敏锐的耳朵，他总能第一时间听到车道或院子里的每个响动。每当孩子们骑车出去，或者我换上跑鞋要去跑步的时候，他就一颠一颠地跟在我们后面跑。

要是我们速度太快，他远远落在后面，知道自己追不上的时候，他就转而去追赶小松鼠玩。他充满活力，又那么顽皮，我有时候也难免说漏嘴，管他叫小淘气。这时，他就会摇着尾巴过来，用鼻子蹭我的裤脚，蹭得我痒痒的。

那个秋天，也就是我们家喂养小淘气约莫半年后，他遭遇了一场意外。他把一只从树上下来找东西吃的松鼠从院子一直追赶到大街上，然后就传来了刺耳的紧急刹车声。

一定是他出事了。

果不其然，他的左后腿被轧断了。兽医为他的腿上了夹板。幸运的是，没过多久他就完全恢复了。他变得更活泼、更顽皮了，似乎打定主意要把受伤后的时光加倍补偿回来。

小淘气能这么坚强，能这么快就完全恢复，不能不让我们感到宽慰和惊讶。

但是又有不妙的事发生了。

“坏疽，”坏消息传来的那天晚上，雪莉含泪说道，“兽医说只有两种解决办法，要么截肢，要么实行安乐死。”

我呆住了，感觉浑身无力，屁股重重地跌落到了椅子上。“别无他法，”我说，“小淘气天性好动，一刻都不能停下来，让他仅靠三条腿度过后半生，这对他来说，实在是太不公平了。”我倾向于对小淘气实施安乐死。

突然间，四个孩子一起跑进屋来。他们一直躲在门外偷听我们讲话。“你们不能因为他有一条腿残疾了，就把他置于死地，这样做对他来说更加不公平。”史蒂夫跟拉雷恩争辩道。

我对怒气冲冲的孩子们温和地说：“这件事等我们都想清楚了，明天再做决定吧。”等孩子们都上床睡觉之后，我和雪莉又开始谈起这件令人左右为难的事。她无比伤感地说道，“如果我们贸然放弃小淘气，可以想象，孩子们一定很难接受的。他们不知道要伤心多久呢。”

“是啊，尤其是克里斯托弗。”我说，“知道要永远失去奎尼的时候，我就像克里斯托弗现在那么大。你知道，这个年龄的孩子是最容易伤感的，特别是对某些事物有了很深的感情之后，却又面临着失去。”

我给雪莉讲起了我的爱犬。

奎尼是条纯正的白丝毛狗。她尖嘴竖耳，身材苗条，体态优美。一跑起来，全身的绒毛一起舞动，宛似海面上的滚滚浪涛。可是一场意外之后，奎尼原本壮实的两条后腿完全不能动了。过了一段时间，爸爸对我说，只有对奎尼实行安乐死，才能使她彻底摆脱所有的痛苦。

“可是她一定会好起来的。”我苦苦哀求道，不忍心让奎尼就这样死去。那时，我一遍又一遍地祈求上帝，希望上帝能赐予奎尼力量，让她站立起来重新行走。我多么想再次看到她那美丽的绒毛舞动起来的样子。但是事与愿违，情况还是越来越糟糕，渐渐到了无法挽救的地步。

那个下着雨的傍晚，我像平常一样去地下室找奎尼——奎尼傍晚时习惯懒洋洋地躺在里面的废旧炉子旁边。我在楼梯上正好碰到了爸爸。爸爸脸色苍白，表情极不自然，手里抖抖索索地拿着一块铁红色的布头，一阵浓烈的腥味从那里散发出来。

“宝贝，对不起，我们不能让奎尼一直痛苦下去，他很安详地去了。”爸爸用颤抖的声音告诉我。

我泪如泉涌，扑在爸爸的怀里。我不知道自己究竟哭了多久，只觉得眼睛酸痛。我感到有雨点滴到我的头上，抬起头来，才发现是爸爸的眼泪。至今我还清楚地记得，当时我心里充满了异样的感觉，那是一种被别人充分理解，并感同身受的快乐。

我对爸爸说："我发誓以后再也不养狗了，他们死的时候，我真的受不了。"

"我可怜的孩子，你说得没错，那的确令人伤心。"爸爸紧紧搂着我，爱抚地顺着我的头发，"但你要记住，我们必须坚强地面对这一切，因为这正是爱的代价。"

第二天，我们把兽医约到家里，在与兽医和全体家庭成员充分商量后，在孩子们的坚持下，我极不情愿地接受了给"小淘气"做截肢手术的建议。当然，我心里还是愿意相信小淘气会好起来的，所以我对雪莉说："如果孩子们的信念能使他康复，他一定会完全康复。"

没想到，奇迹真发生了！经过一段时间的治疗，小淘气在大家的帮助下，又恢复到原来的样子。这一点，在他接受截肢手术后没多久，就得到了充分的证明。

最令人惊叹的是，他克服四肢不全的方法。不错，他发明了一种新方法，让自己依靠单条后腿就能自由跑跳，而且跳起来既有力又能保持平衡。小淘气还是像从前那样充满激情。

"不可否认，小淘气他有一个最大的优点，"一个邻居说，"那就是，他没有意识到自己是只残疾狗。这大概是因为他还太小，没有清楚认识到自身的缺陷，或者说他根本就不介意这一点。"

在五年多的时间里，时刻充满激情的"小淘气"，渐渐使我们懂得了应该如何面对生活。在困境面前，不应妄自菲薄、轻言放弃，而要乐观、积极、勇敢。生命中没有过不去的坎，一切都会好起来的。小淘气全力投入生命，向我们完美地展示了抛开世俗眼光、充分表现自我的意义。每次和“小淘气”一起跑步时，我就一边跑一边和他聊天，而他也仿佛能听懂我的话。

“你想象得到吗？你刚生下来那会儿，我差点儿把你赶走，”我用庆幸的语气对他说，“可那群孩子坚决不让我那么做，因为他们从一开始就知道你会有多棒。”

小淘气仰起头仔细地盯着我的脸，同时还欢快地摇着尾巴，显然他非常开心听到别人的赞赏。

如果小淘气不再那么好斗的话，或许他能拥有更多时间展示自我，继续向他的同类或者其他动物，包括我们人类，展示他的品质与个性。8月初的一个晚上，月亮高高地挂在天上，把大地照得亮堂堂的，这时小动物们都赶着回到窝里休息了，可小淘气却不见了踪影。想想以往，不管他在外面怎么疯，都会按时回来的，可是这次却不同。

我们等了整整一个晚上。直到第二天早上，他才喘着粗气，跌跌撞撞地跑进屋里。我注意到，他的脖子上满是血。显而易见，他一定又跟别的什么狗打架了，而这次他并没有占到便宜。对方一定比他强壮很多，要不是多数欺负少数，欺负他一个。

“小淘气，看你做的好事！你什么时候才能不让我们担心，嗯？你什么时候才能长大啊？”我走近小淘气，轻轻拍着他的头问。我吩咐孩子们拿海绵来为他擦洗身子。

他受了重伤。我甚至怀疑，他的气管或肺部受了重创。他抬起头望着我，目光里满是信任。他舔着我的手心，看上去对我那么依恋。他的身子已经虚弱得很，尾巴都无法晃动了。克里斯托弗和丹尼尔跑去拿海绵，帮着把他全身的血迹和泥土擦拭干净，然后克里斯托弗抱着他，由我开车把他送到了曾经为他截肢的兽医那里。

到了兽医那里，小淘气被迅速推进手术室抢救。然而这次，我对小淘气的伤势判断得太准确了。他的肺部严重受伤。中午时分，兽医打来电话，通知我们小淘气走了。

那天傍晚，我和克里斯托弗开车赶去诊所，克里斯托弗一言不发地抱起“沉沉睡去”的小淘气。前几个月，小淘气的妈妈海迪因为年老也走了，走时已是15岁。但我们仍为此伤心了整整一个星期。那时我们想，还好有小淘气在。没想到，才相隔数月，小淘气也离我们而去了。先前，我们把海迪葬在花园边的树林里，现在也把小淘气葬在了那里，让他们紧挨在一起。

开车回家的路上，我几次试着跟克里斯托弗聊天，希望能放松他的心情，然而他一直望着前方沉默不语，似乎没意识到我在跟他说话。很明显，他满脑子都是小淘气。他陷入了极度的痛苦之中，难以自拔。

“克里斯托弗，我这辈子见到过许多不同类型的狗，”我说，“可是说实在的，小淘气确实与众不同。”

“是的。”他回答道，眼睛却凝视着茫茫黑夜。

“噢，当然，”我说，“他除了与众不同，还绝顶聪明。”

克里斯托弗没有再答话。车旁闪过几道亮光，我看到他正在抹眼泪。他转过头来望着我，说道：“爸爸，经过这件事，我决定了，”他哽咽着，带着哭腔，“我这辈子再也不养狗了。我无法忍受还有其他狗像小淘气一样离开我。这太让人痛苦了，我不想经历第二次。”

“哦，我非常明白，亲爱的孩子，”我回答道，“每个人都要经历拥有和失去，不过，这正是我们付出爱和拥有爱的代价。如果你不曾爱过，就不会有这么深刻的体会。”我对他说，语气好像当年我的父亲。

这时，克里斯托弗再也无法控制自己，失声痛哭起来，而我的眼睛也蒙上了一层泪水。与小淘气一起度过的欢乐时光，一幕幕闪过脑海，让我几乎分辨不清回家的路。

开到一家加油站旁，我停下车子。我紧紧地抱住克里斯托弗，想让他清楚地知道，我和他有着同样的感觉。他的损失也是我的损失。

小狗快运

别客气，老姑娘！能够照顾你，我感到很高兴！祝你一路顺风！

玛丽恩

托普斯一家无奈地站在路边，眼睁睁地看着他们的卡车发动机颤抖着熄了火。他们无计可施。南希和乔夫妇带着他们的两个孩子约迪和马修——一个12岁，一个15岁——还有一只叫史奴比的老狗，在离家1500英里远的一条公路上，就这样陷入了困境。

他们有什么法子呢？乔喜欢摆弄汽车，也比较擅长修车，但对这辆破卡车也已无能为力。其他人失望地望着他。史奴比患有白内障，这时用晦暗的眼神焦虑地望着家人们的脸。

托普斯一家正在旅途中。乔有一个外甥，五个月前告诉他纳帕山谷有工作可干。乔听了，认为应该冒险去看看。就这么着，他们带着孩子和史奴比从印第安纳州的家出发，向加利福尼亚州进发。让他们感到失望的是，到了那里，乔并没如愿地找到仓管工作。乔感到失望又恼火。

南希和孩子们都想家了，加之他们的积蓄也快用尽了，就动了返回家乡的念头。到了1月份，他们就踏上返程的路了。然而，糟糕的是，罗克斯普林斯，这个怀俄明州的小城，已经是卡车能够将他们送到的最远的距离了。现在，他们摆脱困境的唯一方法便是将卡车在旧货商那里变成25美元，接着踏上长途客车，让那个大家伙将他们送回家。

然而，当他们来到车站，却收到了两个坏消息：第一,四张去韦恩堡的车票已经超出了他们的支付能力；第二，狗不允许被带上长途客车。

“我们不能丢下史努比，我们必须把她带走！”南希哭了，她对售票员低声哀求。

不过，乔还是把她从售票口拉了回来，他对她说：“南希，我们现在应该担心的不是史努比，而是我们自己。我们四口人的车费还没有着落，我们也上不去车了。”

走投无路的托普斯一家，不得不向旅行者援助组织求援。他们很快就得到了帮助，该组织在当地的代表安排了房间给他们，他们把所有的东西都堆在里面，大包小包的。他们不得不央求老家的亲戚为他们凑路费。亲戚答应明天就给他们汇款。

“爸爸，史努比呢，她怎么办？”刚刚挂上电话，马修就急不可耐地询问。

“没有史努比，我活不下去。”约迪显得没精打采的。17岁的史努比，其肾脏和心脏都有毛病，她已经老了，托普斯一家感到很忧心。

“史努比，”乔轻轻地抱起小狗，说，“很抱歉，我们不能带你一起坐车回家了，那不被允许。”他说着还揪了揪她的耳朵，乔知道这样能让她愉快。

“不要和她开玩笑，乔！”南希没好气地埋怨。

“亲爱的，我并没有开玩笑，”乔将史努比放进臂弯，对自己的妻子说，“我想，能不能把咱们的老姑娘拜托给一位卡车司机，嗯，一位往东去的卡车司机，让他把她送回家。”

乔抱着史努比来到了汽车站，他和那些司机们攀谈，史努比就安静地坐在凳子上，司机们都喜欢逗弄她。“亲爱的，我十分愿意帮忙。”一个司机说，“她是多么的可爱啊，有她做伴将是何等美妙的一件事情！只可惜，我并不去韦恩堡。”

另一位司机愿意帮助史努比，不过当他仔细打量了史努比几眼后，却又后悔了：“不，我不能带她。”他的声音相当大，“我的时间紧得很，我不能老是停车，只是为了让这只老狗撒尿！”

乔专门贴了一张告示，留下了汽车旅馆的电话。

“会有人给我们打电话的，在我们上车之前。”乔这样对孩子们说。嗯，孩子们，也许还有被他抱回来的史努比。

“要是没有人打电话呢？”约迪问道。

乔无奈地说道：“无论如何我们也要离开，亲爱的。我们只交了一天的旅费，还是救助组织垫付的。”

第二天，南希不得不带着孩子们整理行李。他们必须将那些大包小包整理成六件行李，那是客车允许携带的极限。

有些东西他们不得不抛弃了。乔一大早就去银行取他们的汇款了。爱打盹的史努比这个时候却醒着，她看着南希和孩子们。他们的手一空出来，她就会凑上去蹭他们，似乎在享受他们最后的爱抚。

“她很清楚，”约迪将史努比抱了起来，“她知道在自己身上，一件非常可怕的事情将要发生了。”

旅行者援助组织在当地有位代表，在他的帮助下，乔一家把不能带走的东西无偿捐献给了杂货店。实际上，他是个很善良的人，他对史努比也非常同情，但现实却不允许他有太多的恻隐之心。这真的是一件糟糕的事情。

“一只十七岁的狗，确实老了点儿。”代表的声音很轻，“或许你们可以这么考虑，她活的年头也够多了，而且一直过得还不错。”见没有人接话，他接着说，“我可以对她实行安乐死，在你们离开之后。当然，这需要你们的同意。”

马修和约迪都望着南希，他们不想让妈妈因为他们的异议而感到左右为难。他们谁都没有说话。南希的头也垂了下去，她在挣扎，和史努比在一起的一幕幕不断在她脑中闪过。他们一起嬉闹，一起去参加派对，一起去野餐，一起出去散步。每次她给孩子们说晚安的时候，史努比都会凑过来，巴巴地望着她，想让她也吻她的额头。

“真的很感谢您，”南希对代表讲道，“您愿意给我们帮助，我心里非常感激。可是，真的不能，绝对不能。”南希的声音充满了坚定，“她，史努比，是我们的家人啊！我们不能抛弃她，不能！”

南希开始翻找电话本，她给每一家“动物临时寄养场”打电话，她向他们解释自己一家遭遇的困境。她恳求他们：“无论如何，请帮帮我们。我可以保证，假如你们可以暂时收留她，我一定酬谢你们。请相信我，我会想方设法将她接回韦恩堡的家。我求求你们了，请暂时收留她！我保证只是暂时的，我们一定会来把她带走的，相信我吧！”

终于，一家动物诊所同意了南希的请求，他们愿意收养史努比。在那位代表的帮助下，史努比被开车送了过来，大家相继和史努比告别。南希是最后一个，她抚摸着她的嘴和鼻子，感受到了一丝冷意。她跪在史努比的旁边，和她吻别。

“亲爱的，你要相信，但凡有一点其他的办法可想，我们也绝对不会这么做。留下你，我们也很心痛。”南希的声音很低，“这不是抛弃，真的，史努比！请相信我们真的没有抛弃你！我发誓，一定会接你回家！等着我们，一定要等着我们，史努比！”

托普斯一家终于回到了韦恩堡，他们租了一间活动房屋，哥哥嫂嫂给他们送来了一辆旧车和锅碗瓢盆一类的生活必需品。他们的生活逐渐走上了正轨，乔和南希都重新找到了工作，约迪和马修也回到了学校。

可是，他们却始终高兴不起来，因为他们失去了史努比。

没有史努比的日子，他们感到非常的难过。每天，一个个的搬运公司都会接到南希的电话，她请求他们将史努比送回家；而每天询问妈妈运气如何，也成了约迪和马修必然要做的一件事情。然而，他们得到的消息总是那么令人失望。

六个星期的时间就这样过去了，三月份马上就要到来，南希感到痛苦，她几乎绝望了，她害怕怀俄明州有一天会传来史努比的噩耗。在那之前，史努比可能不会知道他们为了让她回家做过多少努力。所有的办法南希都尝试了，可还是没有效果。这天，她将他们和史努比的故事向当地的动物管理部门讲述了一番，南希希望他们能够帮助她。

"我不清楚自己能帮助你们做些什么，"静静地听完南希的故事，动物管理部门的主任罗德这样说，"可是我必须对你说：我会去试试，一定会！"

一个星期很快过去了，罗德想了许多的办法，但都是徒劳。孱弱的史努比无法被空运，而只有支付665美元的昂贵费用，才有专业的动物运输公司愿意帮忙。其他诸多的运输公司对此都表示无能为力。

"若是快马邮递还存在，那该多么好啊！"当罗德挂断最后一个电话之后，他这样和他的助理斯基普说，"这样，小狗就可以让它们带回家了。"

"嘿，那他们可是要接力很长一段时间呢，名副其实的小狗快运。"斯基普玩笑着说。

他的话却提醒了罗德！罗德找来两张图，一张是地图，一张是动物庇护站的名单，上面罗列着怀俄明州、伊利诺伊州、内布拉斯加州、艾奥华州以及印第安纳州的所有动物庇护站的资料。罗德开始打电话，他不确定多少人能够成为这次小狗快运的志愿者，但他愿意相信，将有很多好心人愿意西行一百英里去接这条十七岁的老狗，然后向东再行驶一百英里将她送给下一个司机，为的就是送这只老狗回家。

又一个星期过去了，南希接到了罗德的电话："明天，小狗快运就将启程了，史努比可以回家了，等着她吧！"

对于托普斯一家来说，没有比这更好的消息了。

史努比的第一位司机，来自罗克斯普林斯，他是当地动物管理部门的一名负责人。当他来到诊所接史努比的时候，他看到兽医给她裹了一件厚厚的绒衣。

"她患了感冒，不能着凉。"兽医这样叮嘱这位负责人，并告诉他应该怎么给史努比用药，怎么为史努比配置食物。

兽医把史努比放到了车座上，然后对她伸手。于是，史努比也伸出爪子，和兽医握了握手。"别客气，老姑娘！"兽医笑，"能够照顾你，我感到很高兴！祝你一路顺风！"

在108公里的车程结束之后，他们终于到达了怀俄明州的罗林斯，在那里他们见到了卡西，一个从卡斯珀城驱车118公里来到这里的志愿者。和史努比见面的时候，卡西还调侃她："你这家伙是多么荣幸啊，居然可以将一场旅行进行得如此体面！横跨五州，还配备了五个私人司机，嘿嘿。”

不过，就在当天晚上，卡西给罗德打电话的时候，对史努比的称呼就已经变成了“亲爱的老姑娘”。她也表示，“假如我是狗的主人，也会无论如何都要想办法接她回家的”。

当晚，史努比就在卡西家里入睡了。入睡时还默默无闻，醒来时就名闻整个美国了。一只得了重感冒的狗，横跨五州被护送回家！这一消息很快传得人尽皆知。更何况，这只狗已经十七岁了。

各路媒体纷纷登门，早餐过后的史努比有些头晕眼花，那是被摄像机的灯光照的。不过，她看上去还是那样的优雅。她静静地坐在桌上，无声地炫耀着脖颈上的新皮带，那是卡西送给她的。而托普斯一家当晚也激动不已，因为他们在电视上再次看到了史努比的笑容。

采访终于结束了，史努比又踏上了她的旅程，目的地是北普拉特。这段路是那样的漫长，足足有350英里！史努比和那位好心的志愿者不得不在车上度过了一个夜晚。当他们到达北普拉特的时候，已经是中午时分。迎接他们的是更多的记者。实际上，虽然采访让史努比感到无奈，但是这并没有耽误他们的行程。

格兰德岛，是他们的下一个目的地。

他们到达了内布拉斯加，中途换车两次。史努比是真的很累了，所以一到达林肯市，史努比刚刚下车，就扑到一张狗铺上甜蜜地进入了梦乡。狗铺原主人的吼叫，则被她选择性地过滤了。

第二天，她带着她的新礼物继续上路了。那是一个柳编的睡篮，里面还有一张便笺："能够成为接力队的一员，为史努比回家做出贡献，我感到非常的高兴。"

就这样，史努比告别了内布拉斯加，直奔艾奥华。车和司机是在得梅因更换的，而傍晚时分，就到了锡达拉皮兹。

芝加哥在望的时候，已经是第五天了。那是一个美丽的黄昏，不知道是不是离家越来越近的关系，史努比竟然显得精神了许多，她的重感冒也奇迹般的康复了。记者从兽医那里获悉："一周的颠簸，1300英里的路程，对这个年龄的老狗实在是一场折磨。但是，她的身体很健康，明天就能平安到家，这毫无疑问。"

这段报道让托普斯一家由衷地感到高兴。这些天收看晚间新闻，已经成为了他们必做的事情。通过收看晚间新闻，他们能够了解到亲爱的史努比的最新消息。

史努比从芝加哥出发的这一天，是星期六。她穿着一件绿色的外套，因为今天是3月17日，绿色的着装是对圣帕特里克节的最好纪念。在这里，刚刚结束了采访，她感到百无聊赖。实际上她要做的，便是等待斯基普——那位罗德的年轻助手——来这里接她，回到160英里外韦恩堡的那个家里。

动物庇护站里，托普斯一家焦急地等待着，他们几个小时前就已经到了这里。他们等待着史努比和斯基普一起回来。约迪和马修特意整了一条横幅，比他们的房间还要大，那上面有史努比从怀俄明州回家的全部路线图。横幅上还写着，“乘坐小狗快运回家的史努比，欢迎你回到韦恩堡我们的家”。此时，接待室中除了记者、托普斯一家，还有许多其他的人，他们的朋友、庇护站的员工、热心人等等。

罗德将繁忙中的南希叫到了一旁，告诉她史努比的账单上已经标明“金额付讫”，这笔费用已经被一位不愿意露面的来自卡斯珀城的志愿者给结清了。

这个时候，嘎嘎的无线电中传出这样的声音：“到了！史努比到了！小狗快运到站了！”

乔、南希，还有孩子们，立即疯狂地向室外跑去。他们的身后跟着记者。货车在鸣笛。虽然室外寒冷到零度以下，但孩子们已经顾不得了，他们高声地叫喊着：“史努比，欢迎回家！我们的史努比回来啦！”

一身节日盛装的史努比，眯着眼睛在前排坐着，滴溜溜地看着外面的人们。两个月了，她终于又能够和她的家人们见面了。1500英里的旅程，横跨五州的壮举，终于要结束了。颠簸了一个星期之后，史努比回来了。

卡车旁边第一个出现的是南希。南希拉开车门，史努比立即高兴地扑进她的怀里。她还认得南希。是的，她怎么可能忘了她的家人呢？乔和孩子们也来了，他们和她拥抱在一起。这一刻，他们悲喜交集，他们彼此相庆。回来了，他们的史努比！这个家里最小的成员，她回来了！这一家人，终于再次团圆了！

神犬吉姆

吉姆能够判断每一位客人的房间号和职业，他所依据的是他们的头发、肤色和衣着。

钱伯斯

1925年的时候，一只毫无特色的英国塞特犬被密苏里州的一位旅馆老板从路易斯安那州买了回来。这位拉夫旅馆的实际拥有者，住在马歇尔镇上，他的名字是萨姆·范·阿斯代尔。

实际上，萨姆买回这只小狗的时候，花的只是“白菜价”。这只狗是那样的平凡，没有任何的与众不同，这让他的原主人对他的前途极度不看好。萨姆将他带回了家，并给他取了一个名字，叫“吉姆”。

吉姆机灵而又温顺，很快就和萨姆变得亲密起来。萨姆为能够得到这样的伙伴而感到高兴，这只狗的确是“物美价廉”。

眨眼间，吉姆已经三岁了。一个闷热的下午，他和萨姆一起出门，当从一片树林旁边路过的时候，萨姆和他说：“吉姆，小家伙，到这边来！那边有一颗山核桃树，我们正好过去休息一下！”

事实上，林子里不仅仅有山核桃树，还有着许多其他的树木，但是让萨姆感到意外与惊奇的是，吉姆一下子就找准了那棵山核桃树并跑了过去。在萨姆看来，这无非就是一个巧合，极度的巧合。

然而，他的兴致还是被勾起来了，他问吉姆：“黑橡树在哪里，可以告诉我吗？”

让萨姆难以置信的一幕出现了，吉姆很快就找到了黑橡树。那是距离这里最近的一棵黑橡树。看着吉姆将前爪往树上搭，萨姆目瞪口呆。

“胡桃树在哪？告诉我，吉姆。”萨姆说。

于是他便看到，吉姆快速跑到最近的胡桃树旁边，把爪子搭在树上向他致敬。萨姆这回兴趣陡增，他想尽一切能想到的物事考校他的狗。榛树丛、树墩、雪松，乃至锡罐，都没能难住吉姆，他的判断是那样的迅捷而准确，以至于萨姆一度怀疑自己的眼睛是不是出了什么问题。一只狗真的能够聪明到这种程度吗？

萨姆回来之后，将所见所闻都和妻子讲了。

对此，他的妻子却不以为然，说：“亲爱的，我知道你这么说是想哄我开心。但，请不要对别人说同样的话。”

见妻子不信，萨姆就带着她和吉姆重新来到了那片树林，并让吉姆重新表演给妻子看。只消片刻，萨姆的妻子也瞠目结舌了。天，这居然是真的，萨姆说的糊涂话是真的！

得到一只如此聪敏乖驯的狗狗，萨姆几乎无法抑制内心的兴奋。接下来的日子里，他逢人便夸奖他的吉姆。对此，他的朋友们却只是报以一笑。从他们的微笑中，萨姆看到了不信任。

这一天，萨姆又向镇上的朋友夸耀他的吉姆了。这位朋友看上去很有耐心，虽然他的心中也充满了怀疑，但还是听萨姆讲完了整个故事。这个时候，萨姆正好看到那位朋友的车就停在不远处，于是吩咐吉姆指认出那辆车子。吉姆就跑过去了，然后准确地找到了目标，在车上晃悠着他的前爪。

朋友大惊。旋即，另有一人，告诉了萨姆自己的车牌号。萨姆就把车牌号写到纸上让吉姆去辨认。吉姆没有让人失望，仍是准确地找到了那辆车。

事实胜于雄辩，于是，吉姆就这样出名了。他的名字在整个马歇尔镇被传诵，仿佛是野火燎原般一夜爆红。他的特异功能也的确是层出不穷的，以至于每天都会有上百的人到拉夫旅馆来特意观看吉姆的表演。吉姆能够判断每一位客人的房间号和职业，他所依据的是他们的头发、肤色和衣着。狗都是色盲，而吉姆则是个例外。

会不会是萨姆给吉姆某种信号作为提示？这样的怀疑并不是没有，甚至有一位太太坚持要验证一番。她写了一些萨姆并不懂的符号指令给萨姆。事实上，那是速记符号。这位太太认为这是一个绝妙的主意，事实的真相这就水落石出。

萨姆没有多想，他将指令交给吉姆，并要求他执行，而得到主人命令的吉姆立即毫不犹豫地走向一个男人。那位太太高喊：“天！他做到了，他是正确的！”

随后，她告诉大家，她在纸条上写的符号是“指出那个男人，他穿着翻卷短袜”。

吉姆的名声越来越响亮，马歇尔镇以外的人都知道他。各路媒体纷至沓来，他们满怀着好奇而来，然后在赞叹与不可思议中离开，随后将吉姆的故事竞相搬上媒体。于是，“神犬”的盛誉就这样落到了吉姆的头上。

许多学术界和医学界的名流都对吉姆非常感兴趣。萨姆还曾带着吉姆到密苏里州立大学做过检查，但事实证明，吉姆的身体没有任何不同，他就是一只普通的狗。然而这样一来，他的特异功能根本就无法得到合理的解释了。

萨姆终于还是没能忍住，他听取了朋友的建议。事实上，他也很想知道，他的吉姆是不是还有预测未来的本事。萨姆对肯塔基赛马很感兴趣，一天他交给吉姆很多纸条，上面分别写着许多赛马的名字。他要吉姆告诉他，最终获胜的会是哪匹马。

吉姆伸出他的爪子，按住了一张纸片。赛马结束后，人们打开了封存那张纸条的保险箱，对照了一下，发现上面写着的果然是夺冠赛马的名字。这样的测试足足进行了七年，吉姆也从来都没有错误过。

吉姆的预测能力匪夷所思，利用起来可以做很多的事情，但萨姆是个稳重的人，他对赌博没有什么兴趣，更不想将吉姆变成一个牟利的工具。这些年，他接到的想让吉姆对赛马冠军做出预测的电话不胜枚举，他们表示愿意将奖金与萨姆平分，但都被萨姆婉拒了。

派拉蒙电影公司为了能让吉姆协助他们拍电影，给出了难以想象的高薪，可萨姆依旧不为所动。这个长在中西部的沉稳男人表示，他并不缺钱。就算缺钱，他也不会让吉姆成为牟利的工具。

随着时间的积淀，萨姆和吉姆之间的感情愈发的深厚了。吉姆的确是好样的，主人所有的交代他都会不折不扣地完成，以此来证明他的确是忠心耿耿的。

吉姆一直活到了12岁。1937年，这只神异的塞特犬走到了生命的尽头。他的离去，让萨姆悲痛欲绝。整个马歇尔小镇都充斥着悲痛的情绪。吉姆长眠于山岭园公墓，白色的小墓碑上镌刻着四个字：神犬吉姆。

你是我的妈妈

她干了那么多勇敢的事，那么多漂亮的事！实事求是地说，她真算得上个勇士。

［美］马克·吐温

妈妈告诉我，爸爸是个“圣伯尔纳种”，她自己是个“柯利种”；我呢，则是个“长老会教友”。我不懂得这些微妙的区别。以我之见，这些名称好像派头十足，其实不过是毫无意义的字眼。

听我这样说，妈妈不高兴了，因为她很爱这一套。她喜欢说这些。每当听到她说这些时，别的狗就会显出惊讶和忌妒的神气。妈妈看在眼里，喜在心里。大家还以为她受过很深的教育呢。

其实妈妈故意卖弄而已，这哪里是什么真正的教育呢？那她是怎么知道这些名词的呢？原来，会客厅里有人谈话时，她常常躲在一旁偷听。还有，她经常和孩子们到主日学校去，在那儿听。这么着，她就把这些名词学会了。

她还真是爱学习呢。每当听到一些比较深奥的字眼，她就翻来覆去地背，直到能把它们记住为止。时间长了，她就长了些学问。她常常在集会上抖出学问来吓唬人。别的狗一听，往往真的让她唬住了。

当然，她也有被质疑的时候。假如一只初次参加集会的陌生狗对自己从未听说过的单词感到疑惑时，他先是震惊，等努力调整好呼吸后，就会向妈妈询问某个单词的意思。妈妈呢，是非常乐于回答此类问题的，因为这样会让人家见识到她的能耐。

那只询问问题的狗呢，原本以为她只是卖弄单词而已，没想到还真难不倒她。这样一来，他就不能不感到意外了，此外还有尴尬。他的确显得很难为情，虽然他原来还以为难为情的会是她。事态每每都是这样进展的。其他狗很高兴，很替她得意。他们都有过经验，早料到结局会是怎样。

她回答人家问题，就说解释那些深奥字眼的意思吧，每当这时候，大家都羡慕极了。因为都只顾着羡慕，所以没人怀疑这个解释是对是错。这是自然的，因为她回答得很快，丝毫不带犹豫，另外他们对妈妈的解释确信不疑的原因就是，他们也无法求证这些解释的正确性。因为他们没有妈妈那么幸运，她是那里唯一一只深受上帝垂爱，能接受教育的幸运狗。

日子一天天地过去，我也慢慢长大了。有一次，她从主日学校带回“笨蛋”这个新单词。接下来的整个星期，她都四处寻找机会，在不同的聚会上反反复复地使用这个词。这不是一个好听的单词，因此惹得大家都很郁闷，甚至可以说是沮丧。

我发现，在那一个星期之内，她在八个不同的集会上被人问到这几个字的意思，而每次她都有一个新解释冲口而出。令人难以置信的是，只是因为她的不假思索，这些解释竟然都没有引起任何狗的质疑。直到那时，我才突然领悟过来，原来她并不像其他狗羡慕的那样有文化，而是她擅于处理各种被质疑的危机。不过，我只将了解到的这一玄机暗藏心里，不曾向外透露半分。

妈妈常常精心做准备，把一些词反复念叨，以便随时拿出来使用。这些词就像救命圈一般，是备以急用的。有时候，在毫无预备的情况下，突然就有了被冲下船落入水中的危险，妈妈就把这些准备好的救命圈一个个套在身上。尽管落水了，但性命无忧。

偶尔，她会抛出某个长单词（在几个星期前的集会上曾大肆流行过，可它的确切意思已被她遗忘了），如果这时她旁边恰好有个生客，尚未领略过这个词的意思，那么最初的几分钟内就会呆住，及至他明白过来，她已经调转了方向，及时找到了合适的应对策略。

因此，当你向她请教某个词的意思或者其他问题时，我（只有我清楚她的底细）就能毫无困难地发现，她看似丰富的学识其实贫乏得很。然而，她确实擅于在顷刻之间应变，她能奇迹般地抛出另外一大堆她备好的词语，变得深奥和富有哲理起来。每当即将露馅的时候，她会装得极其淡定，并及时将主动权掌握在自己手中，聪明地回避开自己不熟悉的话题。于是，不动声色之间，她已经巧妙地转到下一个自己更有把握的话题上了。

她对成语的学习和运用也是如此。一旦发现特别好听、有趣的成语，她就把含有那个成语的一整句话都带回来，等念叨熟练之后，就卖弄至少六个晚上再加两个白天，而且每次都要运用一种崭新的方式去解释那个成语——她也不得不如此，因为她所注意的只是那句成语；至于那是什么意思，她可不大在乎。而且她也十分清楚，那些狗都没头没脑的，永远也别想挑出她的错。咳，她可真是个了不起的妈妈哩！她玩这一套简直出神入化，那些糊涂虫又无知无识，所以她从来都毫无顾虑。

主人在跟客人吃饭时，席间有时会出现一些小笑话、小故事，供活跃气氛用。对于这些小笑话、小故事，她也要用心记住。可是她卖弄这些小故事时，照样搬弄不齐全，经常不得不嫁接、拼凑。她凑得并不合适，甚至牛头不对马嘴，让人觉得莫名其妙。而每当这时，她就在地板上打起滚来，还像疯子似的大笑大叫，似乎这些小故事真的很好笑。可是我看得出，就连她自己也搞不清楚，为什么当初从人家嘴里说出来的故事那么有趣，而由她说出来就变得乏味了。

不过这没多大关系，反正别的狗也都跟着一起打起滚来，并且学着她狂笑不止。你以为是她讲的故事很好笑吗？不是！其实大家都因为听不懂她的故事而害臊，却不去仔细想想过错并不在他们身上。谁也看不出这里面的毛病。

通过这些事情，你可以看出她的一些缺点。她相当爱面子，爱卖弄，又不老实。当然了，除了这些，她还是拥有许多长处的，那些长处足以弥补她的这些缺点。

比如，她心眼儿非常好，对人也很有礼貌。对于那些曾经伤害过她的人，她一转眼就忘记了，从不怀恨在心。

她还经常教育她的孩子们要处处与人为善，就像她一样。从她那儿，我们还学会了勇敢。就是在危急时刻，也要沉着勇敢，决不能当逃兵。认识的也好，不认识的也罢，一旦他们遇到了危险，只要我们看到了，都要大胆地承当下来，尽力帮助人家。而且她教我们还不是光凭嘴说，而是自己做出榜样来。

啊，她干了那么多勇敢的事，那么多漂亮的事！实事求是地说，她真算得上个勇士。尤为可贵的是，她还非常谦虚，常常对人们给他的赞誉一笑而过——总而言之，你会打心眼里佩服她，以她为最好的榜样。她如此优秀，即使是拥有着贵族血统的、高傲的长耳狗，只要了解到她的这些长处后，也会对她肃然起敬。

后来我长大了，有一天被这家人卖掉了，被买家带走了，从此就再也没有机会看见她。我要走时，她伤心欲绝，我也一样。我们俩都哭了。尽管如此，她还是强忍悲伤，极力安慰我。她的意思是，我们狗生来只有一个目的，一个聪明和高尚的目的；我们必须保持忠诚，竭尽全力履行我们的职责。她还告诫我，绝不要发任何牢骚，不要躁动不安，要懂得安于现状，务须恪尽职守，尽量保全他人的利益。她说，这就是我们狗需要做的一切。至于结果怎样，那是别人的事，不是我们管得了的。

她说，人喜欢这么办，将来在另外一个世界里定会得到光荣和漂亮的报酬；我们禽兽呢，虽然不到那儿去，可是规规矩矩过日子，多做些好事情，并且不求回报，也可以使我们短短的生命活得体面、有价值。我们的心灵将会得到慰藉，这本身何尝不算是一种报酬呢？

这些道理，是她和孩子们随主人去主日学校祈祷时偶尔听别人说起的，她很用心地通通记在心里，比她记那些字和成语都更加认真。她还下了很深的工夫研究过这些道理。单从这一点,你就可以看出，她还是很睿智的，尽管她脑子里有些轻浮和虚荣的成分。话说回来，谁能做到十全十美呢？谁不存在一些毛病呢？

我们相互告别，泪流满面。她最后嘱咐我的一句话——她之所以留到最后才说，想必是要我永远记在心里——是这样的："孩子，为了纪念我——你亲爱的妈妈——当你遇到别人正处于不幸之中时，你就不要想到自己，而要毫不犹豫地施以援手。你要想到你的妈妈，照她的办法行事。"

你想我会忘记这句话吗？永远不会的。

我们是一家

科格纳克举起金黄的前爪，非常郑重地搭在布拉德的手上，像是在说『加油，布拉德』！

佚名

我再次失恋之后，终于决定要面对现实了。我与他相恋了整整三年——在爱情上，我总是那样的不幸。即便我真的不会再对男人抱有希望，也终究无法忍受没有爱的生活状态。我思来想去，觉得养只狗或许是一个更好的选择。

在千挑万选之后，我看中了一只非常可爱的小狗。于是，在炎阳流火的六月的一天，我的家中多了一只小猎犬。它的毛发是那样灼目的金黄。我叫它科格纳克。同其他的小狗没有什么区别，科格纳克也是乖驯温顺、漂亮可爱的。它就这样进入了我的生活，我的生活似乎也变得多姿多彩起来。我纳闷不已：为什么早前没有想到这么好的办法呢？

一个电脑择友俱乐部的会员打电话给我的时候，已经是几天之后了。在与最后一个男友分手之前，我一直都是这个俱乐部的会员，他——打来电话的这位男士——就是在那里得到了我的名字。

我并不认为俱乐部中有能够给我留下深刻印象的男子，以前的经验已经向我证明了这一点。不过，这一次电话里的畅聊让我感觉还不错。从与他的谈话中，我知道他是一个已经退伍的空军技术军士。我对他磁性的声音有一种莫名的喜欢。

我想，也许这个叫布拉德的男子会有些与众不同。于是，当收到他的邀约之后，我没有拒绝。次日黄昏以及公园湖边，这就是他约我见面的时间及地点。就是他不约我，我也要到那个公园陪科格纳克散步的。既然如此，见一见他似乎也没有什么不可以。

当我来到约会地点的时候，便试着搜索一位短发、肤色白皙而又极具军人气质的男士。可目光逡巡了一周，我失望了。公园中并没有符合这般特征的男性——倒是有一位肤色白皙、丰神俊逸的长发男子。

“请问，您是简小姐吗？”他问。

我们彼此做了简单的自我介绍，然后愉快地进行了交流，而科格纳克的热情无疑让气氛更加融洽与和谐。它一会儿亲昵地扑向布拉德，抱住他的腿，一会儿又绕着他不断转圈，将小小的身子扭来扭去。

我们开始沿着湖边散步，路人的视线常常被科格纳克牵引。走到一半的时候，布拉德很自然地从我的手中将科格纳克的皮带接了过去。他牵着它，我们一起散步，就仿佛我们已经是认识了很久很久的朋友。我们的谈话无疑是非常愉快的。

我们的关系发展得比预想中的还要顺利。只过了三个月，布拉德和我就开始频繁在一家餐馆约会。那是一家很有特色的餐馆，你点菜的时候，服务员会很贴心地递给你一支彩色炭笔，而每一张餐桌上都会预备有纸张。这样，等待上菜的时间你就不会感到无聊。画张画，或者写首诗，都是很不错的消遣。

“刽子手”是我与布拉德都很喜欢玩的一种猜字游戏。这天我们像往常一样在上菜前玩这种猜字游戏，可很快我便发现那些跳跃的字母，那些被猜中的字符，拼接成了这样的一句话：“简，你可愿意成为我的新娘？”

我错愕了一下，旋即深深地吸了一口气，看向布拉德，问他：“你确定你不是在开玩笑？”

“不，当然不是！我很认真，我确定！简，你的答案呢，是什么？”布拉德看起来很紧张，眼睛也分外明亮。

我拿起一支彩色炭笔，将一个大大的“YES”写在了纸上。这之后，我们就那样对坐着，静静地凝视着对方。良久，才彼此展颜微笑。当然，那之后，婚礼的筹划成为了我们唯一的话题。

值得商榷的细节很多，然而有两件事却是我们一开始就达成共识的：第一，婚礼的举办地点必须是在户外；第二，我们的婚礼上，绝对不能缺少科格纳克这个小家伙儿。

婚礼那天天高气爽。科格纳克戴着白脖套，打着漂亮的紫缎蝴蝶结。当他出现在我们的婚礼上的时候，伴娘们都惊呆了，开始怀疑我们是不是疯掉了。她们穿着带滚轴的鞋子跑来跑去，尽量避免让那漂亮的深色裙服沾染上科格纳克金黄的毛发，但我还是不得不说：这么做，纯属徒劳。

科格纳克在婚礼上做什么呢？将一只心形的精致花篮叼给布拉德，这就是我们给它的任务。要知道，里面有我们的结婚戒指啊。它被放在篮子里的心形靠垫上，戒指就由金属线固定其上。虽然我们很愿意相信科格纳克的聪慧，但我们也不得不做好它将篮子叼到泳池去玩耍的准备。防患于未然还是必需的。

在伴娘的引领下，我缓缓走向来宾。这时，我心慌起来，因为两只手并不够用！你瞧，我一只手抱着花，一只手握着科格纳克的皮带，而装着戒指的篮子也需要我来提着。这该怎么办呢？或许我可以让科格纳克接过篮子，但十有八九它会将那当作信号；这是早已经训练过多次的，他会将篮子叼着送给布拉德，同时拽着我跑。这样一来，我设想的登场效果难免要遭到破坏。

不过，庆幸的是，我最终还是顺利地从来宾夹道之中走了过去。然后，我解开了拴住科格纳克的皮带，将篮子递给。它迅速地向布拉德冲去，金黄色的耳朵甩在后面，那矫健的身姿漂亮极了。它好像在追赶一只兔子。来宾们啧啧称奇，将惊呼、赞美送给我们的“戒指使者”。科格纳克将篮子送到布拉德面前，它静静地看着布拉德，有些气喘。它仿佛在等待着布拉德的夸奖。

当布拉德俯下身拿戒指时，科格纳克做了一个出人意料的动作：举起金黄的前爪，非常郑重地搭在布拉德的手上，像是在说“加油，布拉德”！

这一幕，深深地打动了在场的所有来宾，即使不是所有人都喜欢狗。哪怕是到了现在，时间已经让记忆变得模糊，我们在哪一年结的婚，结婚时我穿的什么衣服，他们或许都已经淡忘；然而，科格纳克和我丈夫握手的那一幕，他们仍然记忆犹新。

在我看来，那是我们一家共同的新生活的完美开始，就像我曾无数次希冀的那样——布拉德和我……还有一个科格纳克。

母狗莫莉的故事

她轻声呜咽、低吼，继而狂叫，惊喜之情溢于言表。

佚名

元月里一个寒冷的清晨，我驾驶着破旧不堪的卡车，独自一人前往德克萨斯州威利斯镇。你以为我这时心里在想什么？是我经常吃的早餐。所以，当看到躺在路边的那只棕色长毛狗，我决不想自找麻烦。

这是一只正处在哺乳期的雌狗，别问我为什么，她那下垂的乳头和松垮的肚皮足以说明一切。她很瘦，肋骨一根根地凸显出来，大概是饥饿所致吧。我很奇怪她何以陷入这般境地，不觉间将车速放慢了。她的眼眸中充斥着恐惧与绝望，一下子刺穿了我的心，就仿佛那是一把尖锐的匕首。

凛冽的朔风在屋外嘶吼。那一晚，我辗转难眠，眼前总是不断地晃动着那对眸子。耳边似有一个声音在回响，告诉我错失了一次机会——一次帮人解脱苦难的机会。

那只狗，我一定要把她找到！

我在微波炉里又热了一个汉堡，然后走出家门。朔风夹杂着雪花劈头盖脸地吹来，抽疼了我的脸颊。

我揣着温热的汉堡，独自行走在杂乱的灌木丛中。我高声呼唤着她，希望能寻到她，但是她迟迟不肯出现。我很失望，已经决定回去了，就在这个时候，一阵沙沙的声音从我背后的灌木丛中响起。

我看见，她正定定地望着我，在灌木丛的掩映下，显出一脸的悲愁与恐惧。我们对望了一会儿，然后我把汉堡送到她的嘴边。她好像心存疑虑，发出一声哀鸣。她不知道自己是否应该相信我。

我尽量让声调柔和一些，但她依旧不为所动，不肯往前挪动哪怕一点儿。于是，我把汉堡包轻轻地放在地上，然后一步一步地向后退去，而她则小心翼翼地挪向前，终于在某一刻将汉堡包猛地叼起来，迅速跑开了。

在接下来的两天里，带着汉堡包到那里去等她，成了我早晚必做的事。她也逐渐地信任我了。她会试着走到我的身旁。不过，当第三天我又一次将汉堡拿给她的时候，她却没有要，而是冲我呜呜地叫。

我不解其意，她依旧不停地叫着。她还不时望向身后的灌木丛。

“你究竟想表达什么呢？”

她终于停下来，然后迅速地窜进了灌木丛。当她再次出现的时候，身后跟着三只黑白相间、蹒跚学步的小狗。那当然应该是她的孩子。

她带着她的孩子们从我身旁走过，走向我的破卡车。他们排成了一队，慢慢地走着。然后她停下步来，对着我的卡车呜呜地叫。我能清晰地理解她的意思，于是打开车门，她很麻利地跳了上去。不过，她的孩子们却不行，尽管他们使尽了吃奶的力气，但毕竟太小了。我轻柔地将他们一一抱进了车厢。我开着车回了家。如何安置这些狗狗呢？我心里有些茫然，但我知道我应该将他们带回来。

时间一天一天悄然流逝着，母狗和她的孩子们日渐强壮。与此同时，我与他们之间的信任感也得到强化。实际上，我们已经是非常要好的朋友了。她需要一个名字，这我知道。但是诸如“贝齐”、“黛西”、“内莉”这样的名字，并不能让她感到满意。直到我喊出“莫莉”这两个字的时候，才终于发现她高兴地摇了摇尾巴。

我的早餐一向都是在麦当劳解决的，这天也不例外。当我正开心地享受香肠汉堡时，一则布告突然映入我的眼帘，让我感到浑身发冷。

天，布告上那张照片不就是我家莫莉吗？

定了定神，我看向那则布告，它是这样写的：“12月23日，一只棕色、长毛、垂耳、怀有身孕的狗于威利斯镇走失。如有发现者，请告之吉姆·安德逊。您将得到500美元的酬谢。”看着看着，我的心跳渐渐加快。

那天深夜，我站在电话机旁犹豫着，几次将电话拿起又放下。我明白，有些事情是必须要去做的。试想，若是我的狗走失了，而捡到的人不肯联系我，我将情何以堪呢？终于，我还是咬咬牙，下定决心，将电话拨了过去。

“您好，请问哪位？”接电话的是一个男人。

“您的狗在我这里。”我说。

我和他约定了见面地点，就是那家麦当劳的门口。我很清楚，到时候我一定会万分痛苦。但是我只能这么做。

见面那天，我带着莫莉和她的孩子们，驱车驶往威利斯镇。我先带他们到镇上买棒棒糖，然后去了麦当劳。我早到了5分钟。5分钟后，我注意到了一辆轿车，车旁站着一个男人、一个女人和两个孩子。

见到莫莉，他们异口同声地叫了起来，然后跑了过来。我以前从未见过，人与动物之间竟然能有如此深厚的感情。莫莉看上去也是一样的开心，她轻声呜咽、低吼，继而狂叫，惊喜之情溢于言表。

我的嗓子有点儿堵，鼻子也有些发酸。但是我不能流泪。我不断对自己说，不能随意展现自己的脆弱，因为那是没出息的行为。

“我们都叫她格迪。她是在一个月前不见的，那时我们也是在这里，吃早餐来着。”那个男人向我解释着事情的原委，“我们找了很多地方，始终都没有找到。我想，她可能被人带走了。我们都伤心极了。现在好了，多亏你了！”

说着，他就将一沓钞票递给我。一沓厚厚的钞票。

“不，我不需要，”我说，“只要他们开心就好。”我伸手摸了摸莫莉的脑袋。哦，不，也许我应该叫她格迪。最后一次了吧，像这样摸她，我想。这家人开车离去的时候，我感到那么难过与悲伤。

我走进麦当劳，给自己叫了一杯咖啡。然后，我惊奇地看到了他们的车子。是的，他们又回来了。我赶紧出门迎了上去。

那位太太下了车，她手里抱着斯波特——我这样称呼那只小狗。她看着我，面露微笑，说道："在我们看来，也许您更需要有这么一只小狗。"

"是的，"我抱着斯波特，激动得不行，"谢谢！"这个时候，我看到格迪从车窗里朝外看，她似乎一点也不在乎。是的，她是信任我的，我知道。

那辆轿车再次驶去了。

我买了个汉堡给斯波特，然后将他放进卡车。棒棒糖，一大包棒棒糖，这是斯波特在回家途中得到的另一份礼物。莫莉走了，我会非常想念她，不过有斯波特的陪伴，我就不至于那么孤独了。

请再陪我10分钟

我已经下定决心，一定要走进凯瑟琳的心，读懂她。

佚名

银泉康复中心，这座位于密尔沃基东北部的别致建筑，几乎成了我和博每周都必去的所在。那里住着的老人，每周一下午两点都会准时看到我们。我们要为那些老人进行一小时的宠物治疗。

每当我们穿过走廊的时候，每个遇到我们的人都会热情地招呼我们；当我们走到走廊尽头，到达接待室的时候，在那里休养的人都会过来爱抚博。我的博，一只德国短毛猎犬，活泼可爱。

博已经十岁了，惹人爱怜。他身体健康，体重刚好99磅。看到阳光活泼的他，你或许很难想象他第一次出现在我面前时那副伤痕累累的样子。那是在八年前，他来到我家门阶上，只要有人过来，他就吓得仰躺在地，四脚朝天，抬起腿来就撒尿。很明显，他缺乏安全感。你只有轻柔地抚摸他，他才能镇静下来。

我们第一次来康复中心，曾经在112号房间前走过。你若是路经那条淡黄色的1号走廊，就会走过112号房间。那个房间里，不断传出一位老人的声音。他听上去很激动，声音带着浓重的德国腔。他在大喊：

“来了，玛！看，玛！一只德国狗来了这里！玛，德国狗！有一只，在这儿！”

紧接着，房门打开，门口走出了一位满脸皱纹、白发苍苍的瘦削老人，他身高足有六英尺，双臂看上去依然结实有力。他热情地伸手延客：“你们可以叫我理查，她是埃玛，我的妻子。快请进！”

博激动地来回晃着身体，他见到友好热情的人，总会有这样的反应。显然，他已经感受到了理查的善意。博想要得到理查的爱抚，他正往理查的大腿上贴，这让理查很兴奋，非常愉快地满足了博的心愿。

埃玛静静地坐在床上，一进门我便看到了她，她有着一头漂亮的紫罗兰色的头发。虽然年已耄耋，但精神还是相当矍铄。她的脸上挂着柔和的微笑，枯瘦的手掌轻轻拍打着床沿。她只拍了一下，博就挣脱开来，摇着尾巴窜到了床上。他躺在埃玛身边，舔着她的脸。

理查给我们讲，他和妻子埃玛是在二战期间移民到英国的德国人，在那个战火纷飞的年代，他们离开德国，而将马克斯留在了那里。问他马克斯是谁，他说是一只纯种的德国短毛猎犬。提到马克斯的时候，埃玛的眼里有泪花在闪烁了。理查也感慨不已，他说博和马克斯长得太像了，简直就是一模一样。

住在隔壁114的，是一位叫凯瑟琳的老妇人，今年已经七十多岁了。凯瑟琳很沉默，几个月前就不与别人说话了。最近的一个月，她都坐在轮椅上，始终处于紧张性精神分裂状态。诸如谈心、关心、陪伴、拥抱这样的举动，对她都毫无用处，她安静地坐在轮椅上，一天天过着自己的日子。

114房间的光线有些昏暗，虽然床边有一盏小灯在闪烁。遮阳窗帘拉得很严实，阳光透不进来。我和博从外面进来的时候，她还是坐在轮椅上，背对着我们。她低头垂肩，窗户正对着她的脸，前面是看不到任何风景的窗子。

先进去的是博，他用脖颈上的皮带拽着我往前走。这时他已经站在凯瑟琳的左侧，并亲昵地蹭着她的膝盖。我向凯瑟琳问好，拉过来一把椅子坐下。我试图与这位沉默的老人交谈，可她根本就不搭理我。

我们彼此沉默了足有十五分钟，这期间，我和博虽然就在她的身旁，她却熟视无睹，始终都没有说过一句话。不过相对于此，更让我感到不可思议的却是博，他竟然一直保持着那个动作——用下巴枕着凯瑟琳的膝盖——整整十五分钟，动也没动。

要知道，以往为得到一次爱抚，博最多耐心等上十秒。这一回，他却为凯瑟琳破例了。我不知道这是为什么。凯瑟琳坐在那里，一动不动；博枕着她的膝盖，同样一动不动。他们就那样僵持着，我立在一旁，感到越来越不舒服。想想吧，跟这样一个死气沉沉的女人待在一起，不是一件很可怕的事情吗？

博也许很希望他与凯瑟琳的这种“僵持”一直持续下去，但我已经受不了了。当时钟终于指向两点半的时候，我近乎狼狈地向凯瑟琳说了再见，然后拉着博离开了。

是什么原因让凯瑟琳患上了紧张性精神分裂症？我对此很好奇，就问了一位护士，她向我解释：“具体原因我们也不是很清楚，但一般说来，当一位老人感觉到自己被别人厌恶或者嫌弃的时候，就很有可能患上这种病。我们也没有什么特别好的办法，尽量给他们一个舒心的环境，这是我们所能做的极限。”

我突然有了了解凯瑟琳的渴望。幸福远离，快乐逐渐成为一种奢望……我完全想象得到凯瑟琳此刻的心情：寂寞、烦躁、悲戚、无助、绝望，乃至被遗忘。我已经下定决心，一定要走进凯瑟琳的心，读懂她。

于是，每周一到来的时候，我和博新增加了两个拜访点，就是112和114。查理、埃玛和凯瑟琳，也就成了我们固定的探访对象。查理永远都是那么热情，他每次都会挥手邀请我们进屋，而埃玛依旧静静地坐在床上，敲击床板，等博跳上床去，躺在她身边舔她的脸。这其中似有无穷的乐趣，他们从来都不会厌烦。

凯瑟琳也还是老样子：安静地坐在轮椅上，无精打采地面朝着窗子。若非我感觉得到她的呼吸，我几乎以为她已经死去了。

我每次都试图跟她交谈，但她依然不为所动，不曾给过我任何的回应。我失望了，我这么做有什么意思呢？我已经没有心情跟一个活死人待在一起，可是博却依旧坚持着。他每次都会很认真地和凯瑟琳“僵持”十五分钟。他或许是在教我如何“陪伴”凯瑟琳。

绕道而行！绕过凯瑟琳的房间！这是第四次来康复中心时，我脑中所产生的想法。不过这想法到底没能实现，为何？博坚持拽着我往那里去。于是我们又一次走进了那昏暗的114房间。一如往常，他待在她的左侧，下巴抵在她的膝盖上，她依旧毫无反应。

对于博这样的举动，我没有表示反对，但心里已经在盘算着五分钟之后的事。是的，我已经决定只待上五分钟，然后立马闪人！现在，我的脑子里所想的，是将要进行的商务会谈。我沉默地坐在那里，没有说话，自顾自地想着事情。凯瑟琳是不会在意的，事实上她从来也没有在意过什么，起码在我看来是这样。不过，就在五分钟之后，当我试图带着博离开的时候，发生了一件奇怪的事。

博的头上出现了一只手。是的，是凯瑟琳的手。此外，她没有任何举动。她只是静静地将手放到博的头上，而博也一反常态，没有摇晃自己的身体，也没有用鼻子去蹭凯瑟琳的手。他站在那儿，纹丝不动，仿佛是一座雕塑。

我又坐了下来，心里是说不出的震惊。随后的10分钟，凯瑟琳的手一直搭在博的脑袋上。他们在进行着一种玄妙的、无声的交流，

两点半时，时钟敲响了，属于我们的一刻钟已经用完了。凯瑟琳将她的手从博的脑袋上挪开，旋即重新放回到膝盖上。随后，博乖驯地从房间里走了出去。

过了两年，我的博因中风而走到了生命尽头。他临终时，一直在我的怀里。

那以后，又过了八年。博教会了我许多东西。他常让我想起那个午后，想起他对凯瑟琳的那份坚贞的爱。表达爱的方式有多种，每当我因为失望而想要离开的时候，我就会很自然地想起博。博有多待10分钟的耐心，我想我也可以。

心心相系

感谢您，仁慈的上帝！您赐给了我一份最珍贵的礼物。我的卡西，世界上最漂亮的狗狗，陪我度过了14年。

麦肯纳

不知何故，常有人问起我的职业。好吧，我告诉你，我在科罗拉多州立大学教学医院工作，担任那儿的“生活变化”项目顾问。如果你问我，什么是“生活变化”项目顾问？我就会告诉你，我们的任务主要是，帮助那些失去宠物的人们，治愈他们的心理创伤。

我接待过许多访客，其中有一位给我留下了深刻印象。我记得，她五十岁出头的年纪，名字叫做邦妮。她开车开了一个半小时，才来到这里。她说她有一只纯种黑色卷毛狗，长到了14岁。她说那只狗叫卡西，已经萎靡不振差不多一周了。她想知道是否有医生愿意施以援手。

邦妮把狗从车上抱下来，让医生察看。简·布什是一位精神病科的医师，他告诉邦妮，卡西的脑袋里长了一个肿瘤，并且足以致命。

邦妮一听，心都碎了。爱犬的遭遇何以不幸至此？她由衷地感到忧伤。就是这时，我们经人介绍，相互认识了。“生活变化”本就是一个心理治疗项目，其所帮助的对象，就是那些因为宠物身患重疾而茫然失措的人们。这一项目帮助他们决定一些事情，比如如何处理那些将要死去的宠物，是任其自生自灭，还是以安乐死的形式终结他们的生命。

邦妮留着一头淡棕色卷发，略显灰白。她将头发用发夹束在脑后。最引人注目的，是她那双淡蓝色的眼睛，深邃而又炯然。她似有风轻云淡的性情，应该不是一位鲁莽草率的人。

邦妮说，她的前夫性情火爆，经常虐待她。他们一起度过了二十年。邦妮无数次想要从他的身边逃离，但是都失败了。直到她四十五岁的时候，才终于得以逃脱。她的心受到了深深的伤害，决定远离故土。她迁居到俄怀明州，在一个叫拉勒米的地方和年仅四岁的卡西开始了全新的美好生活。他们就像一对搁浅的鱼一般，相濡以沫。哪怕生活再怎么艰辛，他们也都不离不弃。

汉克出现的时候，已经是那之后的第六年了。从来没有一个人像汉克那般宠爱邦妮。他那么爱她，总希望将她捧在手心上。自然而然地，他们步入了婚姻殿堂。婚后，幸福与甜蜜一直是他们生活的主旋律。他们彼此关爱，相敬如宾。他们愿意与对方分享自己的一切。这样的生活，邦妮曾经渴望了很多年，如今她终于拥有了。

汉克供职于一家树木修整服务公司。这天一大早，他跟往常一样，和邦妮拥抱作别，然后去上班。邦妮则哪儿都没去，她留在了家里。黄昏时分，响起一阵急促的电话铃声。她拿起话筒，听到了搜救队队长的声音。原来，邦妮是一名志愿者，她参加了这个搜救队。搜救队的任务就是帮人解决麻烦。当有人遇到麻烦时，邦妮往往是首先接到电话的志愿者之一。

队长玛吉告诉她，有人不慎触电了，事发地点离她家不远，只隔了两个街区。于是，邦妮立即将手头的工作放下，冲出家门，窜上卡车，疾速地往事发地点驶去。

到了那儿，她看到了终生难忘的一幕：一棵挺拔的白杨树的枝杈上，高高地挂着一个人。那是她的丈夫，她最爱的、也是最爱她的汉克！

什么注意事项！处理触电事故有什么注意事项！邦妮现在哪里管得了那些！她只想救她的汉克，至于自己可能遭遇到的危险，她一点也不在乎了。她不能让汉克就那么待在树上。邦妮从卡车上搬来梯子，将其搭在房子的边缘。然后，她顺着梯子爬上屋顶，伸手去拉汉克的身体。

她做到了。她去触碰汉克的身体，没有被电到。这让下面的人长吁了一口气，因为汉克的身体触到了输电线。人们担心她也会触电。可她没有。她将汉克拉到了自己身边，将他紧紧搂在怀里，用自己的臂弯给他当枕头。汉克的脸是那样的苍白。看着他，邦妮忍不住失声痛哭起来。

怀俄明州湛蓝的天空倒映在汉克的眼眸中。他的眼眸依旧那么明亮。可是他的确离开了，永远地离开了。他们甘苦共尝、相濡以沫的日子，就这样骤然收尾了。

汉克离开已经四年了。这四年里，邦妮不是没有想过要振作，要重新开始生活，但是这很难做到。她整日生活在沮丧中，眼里满是忧郁和怅惘。她怎么能不沮丧呢？她还没来得及和汉克告别，还没有告诉汉克她心中所想。她没能在他生命的最后时刻给他安慰。汉克走得那样突然，她没来得及做任何准备。邦妮难过极了！

邦妮静静地把她的故事讲完了。沉默良久，我才开口说："你想让卡西的死与汉克的有所不同，对吗？邦妮，我指的是安乐死。如此一来，你就不用日日忧心，不用为某一天回到家发现卡西离去而过分惊愕与悲伤；而且，这样离去对卡西来说没有任何的痛苦。如果你决定那么做，你就可以一直陪她到最后。你可以抱着她，可以安慰她，可以和她畅谈，可以平静地看着她去往天国。当然了，这只是我的个人建议，一切决定还要你自己来做，邦妮。"

邦妮安静地倾听着。当我说完后，她看上去有些如释重负，脸上显现出一丝宽慰。

"一切都要我自己来掌控。是的，这次一定。"邦妮的语气显得毅然决然，"我想让我女儿的死与汉克的死有所不同。"

就这样，我们商定了卡西安乐死的时间，安排在当天下午。那天，卡西和邦妮一直都待在一起，依依分别之情溢于言表。在我们"生活项目"医疗队的安排下，卡西被带进了宠物临终安抚室。它将在这里走向生命尽头，没有痛苦。

卡西静静地躺在地板上，享受着邦妮的抚摸，不一会儿就睡熟了。实行安乐死的时刻到了。布什医生轻声问道：“现在我们能开始了吗，邦妮女士？”

邦妮没有说话，只是沉默地点了点头。过了会儿，她问：“我可以为她祷告，对吗？”声音很低，像是在征询对方，又像是对自己说。

邦妮伸出双手来拉我们的手，我们也都伸出手来，相互握着。我们围成了一个圆圈，邦妮站在圈中间，轻声祷告起来：

“感谢您，仁慈的上帝！您赐给了我一份最珍贵的礼物。我的卡西，世界上最漂亮的狗狗，陪我度过了14年。对我来说，今天是非常痛苦的一天，因为我明白我该把她归还给主的时刻到了。另外，我主上帝，我要感谢您，还因为您把这些善良的女士带给我。从她们那里，我得到了无私的帮助，获得了无穷的力量。哦，这都为了您的仁慈！阿门。”

“阿门！”大家齐声说，手都紧紧地握在一起，眼中都有泪花在不断闪烁。

医生将药液注入卡西体内，这时卡西依旧闭着眼睛，脑袋紧贴着邦妮的腹部。她的睡态是那样的平和与安详。卡西睡着了，并将永远不会再次醒来。一切都没有出乎我们的预料，卡西走得很平静，没有感受到丝毫痛苦。

卡西离去之后，我把她前爪的爪印用胶泥拓印了下来，然后送给邦妮。邦妮缓缓地举起它，将其贴住自己的脸，如此过了良久。我们静静地陪伴在她身旁。邦妮说:“如果说我丈夫不得不死的话，我希望他也以这种方式死去。”

当一封来自邦妮的信寄到我的寓所的时候，时间已经过去了六个星期。在信中她告诉我，她把卡西的尸骨与汉克的撒在了同一座山上。这样一来，她生命中最重要的两个人——汉克和卡西——便可以相聚在一起了。信的最后，她还告诉我，卡西的安乐死，让她对汉克的离去又有了新的认知。

“卡西死了，但是我相信，她会成为我和汉克重逢的一道桥。”邦妮在信中这样表述，“她可以代我告诉汉克，如果在他离开时，我能够做出选择的话，也会有这个勇气，一直陪伴着他。我迫切地想让汉克知道这些。是的，是卡西的死唤醒了我，让我明白了当初我就是没能找到这样一种方式。现在我找到了。这就是卡西死亡的原因与意义吧。不管怎么说，她都会成为联结我和汉克的那道桥。这一点，卡西肯定是清楚的，她将我们重新连接到一起，使我们的心灵紧紧相连。”

八个月后，我再次在医院见到了邦妮。这回，邦妮带了一只小狗——一只约莫九个月大的小猎犬，非常的可爱。他很健康，他的名字是克莱德。我知道，在克莱德的陪伴下，邦妮已经开始了她全新的生活。

蜜儿

我觉得整个世界都崩塌了。我不敢去前门那里，怕看到蜜儿果真躺在路上。

佚名

有谁曾经给过我爱抚和拥抱吗？我不记得了，但是最起码，在我八岁之前，从来都没有过一次。其实这也不是什么难以理解的事情，我生命最初的六个年头，几乎全部是在孤儿院中过活的。你完全可以想见，在那样一个封闭的地方，哪有什么爱与关怀呢？

那个垃圾堆，对，就是男生宿舍后面的那个！那是我的乐园。有一天，我在那里被一个奇异声音惊到了。那声音不仅奇异，而且来得突然，怎能不吓人一跳呢？我想，又是那个该死的女舍监吗？我不会这么倒霉吧。我已经被她抓过好几次了。

我转过身来，却看到了她的脸。她是那么的美丽、亲切，超过了世界上的一切。她用明澈的眼眸凝望着我。我深深地吸了一口气，不由自主地向后退去，直退到橡树边上。我背靠着橡树，定睛看着她，想要知道将要发生怎样的状况。她却站在那里，一动不动，就仿佛是一尊雕塑。

她穿着一件漂亮的外套，白褐相间。过了会儿，我轻轻地伸出手，鬼使神差地摸了摸她。她的嘴巴蓦然张了一下，旋即又轻轻地闭上了。她没说什么，但我还是被吓了一跳，我的手一下子缩回来，藏到身后。我想对她说我很抱歉，想告诉她我没有找麻烦的意思。

她还是什么都不说。我窝在垃圾堆中，想要从她的视线中逃离。她还是过来了。她走到我身边，在我的脸上轻轻触摸了一下。我由衷地感到欢喜，因为她的这一举动充满了善意。但是我仍然试图逃离。我望着地面。要知道，不能和任何人对视，这是孤儿院的规矩。不过，我终于还是没能忍住，我搂住了她的脖子，搂得很紧很紧。

哦，她是一只老迈的捕鸟狗，名字叫做蜜儿。蜜儿深深地爱着我，我也同样深深地爱着她，这是多么美好的一件事啊。只要她常在我身旁，无论遭遇到什么不好的事情，我都可以一笑了之。

然而，两个星期之后，噩耗传到我的耳朵，说蜜儿死在了孤儿院门外。一辆卡车从她身上轧了过去。我哭了。我将自己锁在电话间，在里面哭了一夜。我觉得整个世界都崩塌了。我不敢去前门那里，怕看到蜜儿果真躺在路上。

温斯特太太，哦，也就是女舍监的头儿，在我放学之后把我叫到她的办公室，吩咐我和看门的麦克用手推车把蜜儿弄走。这是多残忍的一件事情啊！哦，那可怕的一幕，我终生都无法忘记。

蜜儿的舌头伸到外面，内脏都露了出来……我怔怔地站着，泪流满面。老麦克是那么善良，他一个人捡起了蜜儿的尸体——那破碎的、苍老的尸体——放在手推车上，没有让我再次看到她。

每年圣诞节，国际青年商会都会举办庆祝活动，我也因此能从杰克逊维尔那里得到一些奖金。奖金里，有两美元的用途是固定的，那就是为了塑一个小雕像给蜜儿。

谢谢有你陪着我

若是放在以前，只要我说不，他就会马上停下来；但是那一天，他非常固执，根本就不听话。

梅丽

我是一个“老年公民”，住在一所老年公寓里，身旁有一个最亲密的朋友，就是可可。可可是一只卷毛狗，今年已经十岁了。养一只巧克力色的卷毛狗，这是我多年前还没有退休时就已经打算好了的事。我退休后，能有这样一个精灵陪伴左右，真是太让人感到幸福了。

可可不仅乖巧，还聪明，要他做什么都不用说两遍。可可从来不淘气。他玩完了玩具，总会主动放回原来的位置。训练仅仅持续了三天，他就已经很讲卫生了。以前有人说我洁癖，那么可可呢？他是天生爱洁，还是在模仿我呢？

可可是非常出色的伙伴，每当我扔出去一个球，他就用嘴捡回来，从无例外。有时，我把手轻轻地盖在他的爪子上，他则把另一只爪子搭在我的手上，接着又把下面的爪子抽出来放到上面。我继而也做出同样的举动。可可就是这么精灵，他为了把我逗乐，会做出很多滑稽的举动。一旦我笑了，他就会重复那个引我发笑的动作，乐此不疲。可可能陪在我的身边，我是多么幸运。

可可创造了一个奇迹。那是两年前的事，至今想来却仍让人感到不可思议。

记得那天，我坐在地板上逗可可，但他这次的表现却是一反常态，并没有搭理我。太奇怪了！他在我的右胸那里闻来闻去，并用爪子不停地挠。我告诉他，他不能那么做。若是放在以前，只要我说不，他就会马上停下来；但是那一天，他非常固执，根本就不听话。他甚至还狠狠地撞了我一下。他的体重足有18磅，又是从房子另一端加速冲过来，所以差点要了我的命。

那件事发生之后没过多长时间，我就发现胸部可能有肿块，便来到医院想看个究竟。医生给我做了各种各样的检查，然后告诉我，我患了癌症。

癌症初期，患者的胸内都会出现钙壁，原因是什么没有人知道。然而，那层钙壁确是癌细胞的温床和最好的掩护。而那一天，我被可可撞了一下，钙壁上的肿块因强大的冲击力而被剥离了出来。要知道，在那之前，肿块是检查不出且感觉不到的。

体内的癌细胞并没有扩散。我及时做了切除手术，切除得很彻底。从医生那里我了解到，假如再晚半年发现癌症症状的话，就来不及了。

我不知道，可可当初这么做的时候，是不是就已经怀着那样的目的。那太不可思议了！然而，我却非常清楚自己的心中有着怎样的决定——我要和这只巧克力色的优秀卷毛狗一起度过余生。他挽救了我的生命，我爱他。

狗雕

她能读懂他们的微笑。微笑里有温存，有爱恋，有关切。

佚名

帕奇·安，这条阿拉斯加的狗，会由衷地向你表示欢迎，如果你是一名经由水路来到朱诺市的客人。她不会对你吠叫，她的尾巴也不会对你摇动，她甚至对你热情的问候置之不理，但是这实在不能怪她。因为，她不过是一尊铜像。她安静而庄严地肃立着，在毗邻加斯蒂诺海峡的广场上。

帕奇·安有原型吗？有的。是谁？是一条杂种狗，于1929年出生在斯塔福德郡。才刚出生，主人就将她带到了朱诺市。主人没有一直将她饲养下去。说得残酷一点，事实上她被抛弃了。她的主人为何这么做？因为她是一只聋哑狗。

她成了街上的一只流浪狗，无家可归。街上不只她一只流浪狗，她只是其中的一员。她后来被人收养过，但是又迅速被抛弃了。在白天，她无所事事地闲逛，一家家店铺来回穿梭。对此，人们并没有表示反感，甚至很乐意看到她的身影。她看上去一点也不沮丧，反而显得很快乐，无忧无虑的。到了晚上，她跑到码头工人会堂去睡觉。那里的确是躲避风寒的好地方。

这聋哑狗有一种令人吃惊的能力。只要有船靠近加斯蒂诺海峡，不知怎么地，即使船还在半英里开外，帕齐·安就能“听见”汽笛声。她会迅速做出反应，连忙奔跑到码头，等船靠岸。

帕齐·安怎么会有预感船即将到岸的能力呢？当地居民谁也说不出个所以然，他们更加不明白她怎么知道船确切的停靠泊位而去等待。不过大家都认为，这条狗的判断是值得信赖的，因为她从未出过差错。

有天下午，人们聚集在指定的码头迎接到岸的船，帕齐·安也和迎船的人群在一起。突然间，她跑到另外一个码头上去了，每个人都对她的举动感到困惑，后来才知道他们自己弄错了。船开进海峡，就靠在帕齐等待的泊位。

帕奇·安喜欢当地的居民，因为他们会给她好吃的东西，还会时不时地抚摸她以表示爱怜。她得到了热心的照顾，那些码头工人对她不错。不过，帕齐的主要乐趣是坐等在码头上，欢迎船到岸。

于是，理所当然地，“阿拉斯加朱诺市官方迎宾小姐”的桂冠终于在1934年的一天被朱诺市市长亲自戴在了帕奇·安的头上。也是在那一年，该市通过一项法令，规定所有的狗要领执照。

可怜的帕奇·安，她是一条流浪狗，她被扣押了。甚至，动物管理员还威胁要对她执行安乐死。好在市民还是很热心的，他们凑钱为她办了执照，还买了个鲜红的狗圈。帕齐重获自由，朱诺市的码头上又出现了她的身影。

帕奇·安一直都那么无忧无虑。十三年的日子里，码头上每天都会出现她快乐的身影。她就是一枚开心果，给市民们带来了无尽的欢笑。虽然市民们叫她“好女孩儿”时，她根本听不见，不过她能读懂他们的微笑。微笑里有温存，有爱恋，有关切。

1942年的一天，她的生命走到了尽头，无数的朱诺市市民悲痛不已。他们将帕齐·安的尸体安放在一个小木棺材里，慢慢落在加斯蒂诺海峡中。帕奇·安走了，但，她还活着，活在每一个朱诺市市民的心中。

她死后约半个世纪，发起一场纪念它的活动。帕齐·安广场就是那时改建而成的，原来只是加斯蒂诺码头边的一小块地。广场上竖立起一尊铜像，比活狗大，基座上还有一个铜领圈。

如今，帕奇·安广场上，鲜花处处。人们同帕奇·安一起静静地眺望着那美丽的加斯蒂诺海峡。

帕奇·安，这只由全体朱诺市市民收养并爱戴的聋哑狗，这个备受喜爱的开心果，还在快乐地做着她的迎宾小姐。她静静地矗立在迎宾牌的身旁，好像是在开口说：欢迎来到阿拉斯加朱诺市。

狗与猫

他会爱你，就像我爱你一样，哪怕你是那样幼稚、自私、让人厌恶。

贝茨

这篇被发现于《死海古卷》之中的佚文，最后被收录进了《圣经·创世纪》。当然，这只是传说。

“仁慈的上帝啊，我每天都在伊甸园中将你陪伴。我已经习惯了。现在，你突然不见了，我见不到你了，我是那样的孤独。我试着回忆你曾经对我的爱怜，可是这对我来说已经是一件相当困难的事情了。”亚当这样说。

上帝回答：“好吧！我将给你创造一个永远陪伴你的伙伴，虽然你还是不能和我相见，但是他会告诉你我对你的爱有多厚重。他会爱你，就像我爱你一样，哪怕你是那样幼稚、自私、让人厌恶。”

就这样，一个非常优秀的动物被上帝创造了出来，就是狗。狗让上帝也感到无可挑剔。狗跟亚当结成了永远的伙伴，他们在一起快乐地生活着。狗对亚当忠心耿耿，他心甘情愿地奉献着自己的忠诚，将尾巴轻轻摇晃着来取悦他的主人。

时间就这样慢慢地划过，很长的一段时间过后，上帝见到了一位天使。他是亚当的护卫天使，他告诉上帝：“最伟大最仁慈的主啊，亚当已经变了，他变得就像一只孔雀一般傲慢，他似乎认为，一切对他的爱戴都是理所当然的。狗太过于顺从他了。他早已经忘记了谦卑是什么。”

上帝说：“好吧，我将再次为他创造一个相守一生的伙伴，他会告诉他他的缺点。他需要认清自己。”

就这样，猫又被上帝创造了出来，他就是亚当的新伙伴。猫对亚当的命令充满了鄙夷，他是高傲的，从来都不按照亚当的指示去做事情。亚当每每凝视猫的眼睛，都会恍悟：原来自己并不是万能的、至高的那位主宰者。

久而久之，亚当学会了谦卑。

对狗狗们的忠告

无论你和以前的主人感情有多深厚，都将没有任何的意义，你需要忧心的是目前的处境。

伦德·里尔斯

1.小心陌生客的诱惑

那天，我悠闲地在咖啡馆附近游荡。我常常在那里游荡。我看到了一对年轻男女，看到了他们的笑容。他们是在对我微笑，而且还丢给我一块方糖。我摇着尾巴走上前去，因为他们好像很喜欢我。

唉，我涉世未深，还是太单纯了。他们并不真的希望我成为他们的伙伴。可是我会错了意。他们离开咖啡馆的时候，我还自作多情地跟了上去，跟到他们的车旁。男性青年似乎着恼了，狠狠地踹了我一脚。我想跳上他们的车子，门却狠狠地摔上了，害得我的鼻子差点就被夹住。

经过了几次这样的经历，我终于明白：浮于表面的友谊是靠不住的。

2.不要带异性朋友回家

假如你带一位异性朋友回家，那么很容易惹上图谋不轨的非议。假如你这样的行为无法被主人所理解的话，很有可能给你带来囚禁的命运。所以，如果你真的想要营造一份美好的罗曼史，就去找一个人迹罕至的地方吧。

3.善于表现自己

诱惑，尤其是来自情感的诱惑，是人类难以抗拒的。这是我观察很久才得出的结论。不管是露骨的表白、深深的鞠躬、深情的凝视，还是一大早拼命摇尾示意，他们都经受不起。有一回，我将一只死老鼠给拖了出来——我珍藏了一段时间，就是为了弥补过错，现在终于派上用场了——拿到女主人面前，假装是我刚刚抓住的。她居然相信了，感动得热泪盈眶。于是，我轻而易举地逃过了惩罚。

4.人类是我们最可靠的饭票

“人类最忠实的朋友”，这样的赞誉一直被我们戴在头上。我们和人类的确存在着友谊，而这其中的功利也无可避免。我们自己有手有脚，有可以炫耀的技能，然而我们却不能凭此解决温饱问题。我们如何做得出一个舒适温暖、遮风挡雨的窝棚？你瞧，人类就可以帮我们做。依赖人类成了我们最好的选择。

5.不可对兽医无礼

我来问你，兽医因何而存在？自然是因为我们。他为我们的健康着想，治愈我们的病痛。他不会伤害我们，是我们真诚的朋友。所以，不要将兽医当作敌人的同类。

6. 不要为节日而庆幸

不要为节日而庆幸，这是我对你的警告，即使的确有许多美食会出现。

狗狗，是馈赠亲朋的不错的节日礼物，这是我的经验之谈。这样一来，你不得不为适应一个新的环境而努力。无论你和以前的主人感情有多深厚，都将没有任何的意义，你需要忧心的是目前的处境。你无法保证新主人会善待你。在你来到新家最初的那段日子，也许饥寒交迫、拳打脚踢才是你最可能遭遇的境况。

7. 小心面对窃贼

我们的天职是警卫，必须为主人看好家。但，我不得不郑重地向你发出警告，面对窃贼时，一定要小心！窃贼可不懂得尊重动物，他们为达到目的，有时不惜使用暴力。因此，在尽职尽责的同时，你也需要顾及到自身安危。

8. 分清敌友

有两种人，在我看来，是能被当作朋友的：第一，是牙齿不好的人。为什么呢？对牙齿不好的人来说，小甜饼或者其他稍硬一些的东西都是不值得吝惜的，所以将这些随手甩给我们。第二种，是那些吃东西时笨手笨脚的人。也许他们是故意这样做的，好以这样的方式贿赂我们，让我们为某些问题善后。不过，不得不承认，这实在是一件互利互惠的事情。

当然，我们也要对某些人小心提防。有些人居心叵测地接近我们，微笑着给我们食物，心里却装着不可告人的目的。对我们来说，他们是最具有威胁的一类人。另外，那些以绅士自居的人们，也是我们提防的对象。我得说，他们愚昧无知，脾气暴躁，缺少怜悯心。他们为掩饰自己的无知，总是粗鲁地苛责我们。

9.以宽容之心对待人类

亚历山大·波普，一位善良的英国诗人，曾经这样说："凡人多犯错误，唯犬能见谅。"这句话说得非常对。在人类的身上，恶习并不少见；而且，他们不知悔改，将所犯的恶习无数次重复。然而，计较这些对我们有什么意义吗？太认真没什么好处。以宽容之心对待人类吧，毕竟人类是我们的衣食父母，我们有求于人的地方太多了。

以上，就是我对各位的忠告。

狗的礼赞

就算自己的主人是一名乞丐，它也会象守护王子那般守在主人身边。

佛斯特

人与人的关系十分奇妙，亲密无间的好友也会变成不相往来的敌人，含辛茹苦培养出的孩子，也可能变成大逆不道的败家子。那些我们觉得最亲的人，那些我们最信任的人，都可能变成对你不利、甚至会伤害你的人。

在这个私欲横流的社会，人们的内心变得粗鄙。只有一个朋友是无私的，是不离不弃的，是不忘恩负义的。这个朋友便是狗。

为什么说狗是忠诚的？不论主人是健康还是疾病，是富裕还是贫穷，他都会守护着主人不肯离去。在狗的眼中，主人就是他的一切，所以无论主人处境如何，他都能守在主人身旁。也许主人无法给他更多的食物，但这没关系，他仍会亲切地舔主人的手。

狗是忠诚的，就算自己的主人是一名乞丐，它也会像守护王子那般守在主人身边。当主人失去所有的亲朋好友时，他还是一如既往地陪伴左右。当主人不再风光，不再拥有身份、地位时，他仍可以不离不弃。如果主人遭遇到不幸的事，变成一个无家可归的可怜的人，狗也不会嫌弃主人。

当主人走到了生命尽头时，他更不会抛下主人离去，而要守候到最后一刻。当主人的尸体埋葬在冰冷的土地下，亲人们都离开了，狗不会离开，它像一个卫士一样守着主人的墓。它的眼睛里悲伤满溢。他忠诚地守卫在主人的墓地旁，俨然一位高贵的战士。

一只狗的研究

生活在这里的狗，会谈艺术，会谈艺术家，这就是他们的生活。

〔奥地利〕卡夫卡

我的生活似乎有什么变化，但实际上却也没什么！之前我是一只普通的狗，具有狗类的所有喜怒哀乐。当我现在回想起之前的日子，回想起那些点点滴滴并认真观察后，我发现，里面好像有什么不对劲的地方，仿佛有个小小的缺口。

在气氛凝重民众集会中，我时常觉得不舒服，甚至和最亲密的狗在一起时也经常这样。只要看到心仪的同伴，只要在某种情况下认识新的伙伴，我都会觉得非常难堪，以至于惊慌失措，甚至失望。我拼命安慰自己，凡是知道我这种情况的朋友们也都来帮我，一段时间后就稍微平静下来了。

在这期间，意外是少不了的，但我都能比较沉着冷静地应对并接受。可能这段时间我会感到悲伤，会觉得疲倦，但我感觉自己真正在做狗。虽然我做的，是一只冷漠、胆小又精打细算的狗。

如果没有这段时间的休养，我不能活到这么老，我也无法通过观察我年轻时的恐惧以及忍受老年时期的恐惧来获得内心的平静。我总可以依靠我那点可怜的天资总结出一些规律并依照它们生活。我承认我的天资非常可悲，说得好听点，是不太出色。

我独自在荒山野岭生活，做一些没有任何希望的小研究，而且还无法放弃。我就这么生活着。但我还是会从远处眺望着我的人民。常常有他们的消息传到我这里，我也会适时让他们知道我的情况。狗们都非常尊敬我，即使他们无法理解我的生活方式，也不会因为这样就对我产生厌恶感。

就连那些年轻的狗们，也会恭恭敬敬地向我问好。他们是新生的一代，我总能看见他们在远处经过。关于他们的童年，我多少还能记得一些。

有一点值得注意，就是说虽然我有很多很明显的怪僻，但压根没有变种。每次我想起这些问题——我有兴趣，也有时间和能力这么做——我就觉得，狗类的现状还是挺好的。除了狗类，周围还有千千万万的生物，他们是可怜、卑微、沉默的生物。

我们狗中有很多同伴在研究他们，为他们取名，想帮助和教导他们，想让他们变得高贵等等。就算他们不尝试着打扰我，也让我没什么好感。我总是分不清他们，所以索性不管了。

但有一点非常明显，所以我不可能没注意到，他们和我们狗不一样，他们很少能齐心协力完成一件事，见面时总是怀着敌意擦肩而过。只有最普遍的利益才能把他们连接在一起，不过也只是表面上连着。就是这种利益，也经常在他们中引发仇恨和争端。

我们狗就截然不同了！应该可以这么说，我们狗都生活在唯一的一个群体中，但又因为长时间的原因，我们各自又有很大的差异。由于都生活在一个群体中，我们不得不相互走到一起，什么也无法阻止我们对这种强迫的满意感。我们一切相关的法律和机构，包括我还记得的一小部分和已经忘记的绝大部分，都出于我们有能力追求取得最大幸福，出于我们向往温暖地相聚在一起。但现在却反过来了。

我知道，其他生物不会像狗一样，散在各地生活，也不会有这么多、一眼就能看出来的等级差别，包括种类，包括职业。但就算是这样，当我们激情澎湃时，还是可以成功地再相聚。这就是我们，抱着相聚在一起的美好愿望，而天各一方地生活。

我们的工作是古怪的，甚至就连邻狗都很难理解。我们遵守着不属于狗类的甚至针对狗类的规定。这些事情有够困难的，谁愿意涉足呢？我理解这种观点，跟我的观点比，我更理解这种我完全沉迷其中的事情。

我为什么不和其他狗一样做事，与人民和谐共处，强忍破坏这种和谐的一切事情，把它们想象成大账单中的细微差错，可以忽略不计，并随时以笑脸迎接那些和民众幸福有关的事情，而不睬那些要使我们脱离民众的事情。

记得少年时期，那时我觉得非常幸福，有一种莫名的兴奋。我想，每只狗小时候应该都有这样的经历。当时我还是一只非常小的狗，看到什么都觉得兴奋，都觉得和我有关。在我看来，有很多大事发生在我身边，而我就是处理这些事的统帅。我必须让他们听到我的声音，如果我不为他们做点什么，他们只能一直痛苦下去。

现在，随着年龄的增长，孩提时代的幻想渐渐消散了。不过当时这些幻想强大到足以左右我的一切，所以很自然的，后来发生了一件奇怪的的事，它好像肯定会带来一些狂热的期望。其实也没什么不寻常的，所以这种事和后来一些更加不寻常的事我都懒得看了。但是在当时，这件事给我的印象却非常强烈，以至于无法忘记，毕竟这是我的首个印象，也决定了我对以后的许多事情的印象。

这件事是这样的：

我遇到了一群狗，准确地说，不是我遇到了一群狗，而是一群狗向我走来。当时我在黑暗中拼命跑了许久，我感觉肯定要出大事了。其实那是一种非常容易落空的预感，因为我经常有这种预感。我在黑暗中没有目的地跑了很久，什么都听不见，看不到，唯有一点模糊的渴求指引着我。

我停止了奔跑，因为我觉得已经到了目的地。我抬头一看，已经是白天了，只是还有点雾气，周围都散发着醉人的气味。我用沙哑的声音与清晨打招呼。这时，就好似我用魔法召来的一样，从某个阴暗的角落走出来了七只狗，伴随着一种毛骨悚然的喧闹声。这是我从没听过的。假如我没看清他们是狗，或者不知道这喧闹声是他们发出来的——尽管我还不知他们是怎么发出这种声音的——那么也许我会马上跑开。

我停住了。当时，我并不知道那种只有狗类才有的创造性的乐感，更别提什么观察力，那是之后才逐渐形成的。如果从出生开始，音乐就是我生活不可分割的自然的组成部分，它一直围绕在我的四周，什么东西都无法分开我和它以及其他生活，只要给点提示，只要想办法用适合孩子理解的方法给我一点暗示，那这七个大音乐家就会让我觉得更加意外，甚至会令我五体投地了。

他们并没有说话，只是以一种顽强的毅力保持沉默，但是一无所有的空间却蜂鸣着动听的音乐。举手投足间都是音乐，抬脚，回头，奔跑，休息，彼此之间的位置和次序排列。他们一个将前爪放在另一个的背上，然后一个个排列起来，所以最前面的那个必须把身子挺直才能承受着所有狗的重量；或者他们会将身子贴近地面，头尾相缠，没出过错。最后那只狗还不是很有把握，他并非每次都能立即跟上其他的狗，不过有时还是可以跟着旋律晃动。这种没把握，只是相对于其他有十足把握狗来说的；即使他再没把握，甚至根本没把握，对其他狗也不会造成什么影响。那些音乐大师们始终能冷静地保持着节奏。

然而我几乎看不见他们，或者说我无法一一全部看到他们。他们走了出来，我心里始终把他们当作狗来欢迎。虽然他们的吵闹声把我搞得晕头转向的，但我知道他们的确是狗，跟你我一样。

我习惯性地像观察路上其他狗一样地观察他们。我想走过去和他们打招呼，毕竟我们的距离不是很远。他们虽然都比我大很多，也不和我一样属浓密长毛类，但我非常熟悉他们这种类型，一点也不陌生。

正当我还在沉思的时候，这音乐声慢慢大了起来，瞬间揪住了我的心，粗暴地把我从这些真正的小狗身边拖开。我不情愿地直立起来，用尽全身的力气号叫着。我似乎觉得有点疼痛。我什么都干不了，只能听从四面八方传来的音乐声。这些压抑的、劈头盖脸的音乐将人团团围住。好像还可以听见铜号的声音，仿若近在咫尺却也远在天涯。

我被放开了，因为我筋疲力尽，元气大伤，太过于虚弱了，以至无法再听下去。我被放开了，只能目睹那七只小狗欢呼雀跃地列队。我想跟他们问好，想请教他们，想问他们究竟在这里做什么，可他们却给人一种很难接近的感觉。

我还小，总觉得不论什么时候都能问问题，而且任何人都可以问。但我正准备上前询问，刚觉得和那七只狗的关系比较亲密了，他们的音乐却又响起了，搞得我头晕目眩原地打转，好像我也是这些乐师中的一个。

但我只是一个牺牲品，在那扑过来扑过去，拼命祈求他们的怜悯，最终摆脱了这样的控制，因为我被逼进了一堆木头里。那木堆耸立在周围，放得杂乱无章，我一直都没察觉，而现在却把我紧紧围住，让我不得不低下了头。外面音乐还在，而我终于可以喘口气了。

确实，我对那七只狗的艺术表示惊叹——这种艺术我无法理解，但这并非因为我的能力不够——更让我惊叹的是他们有这种勇气，能够坦然地把自己完完全全地放在自己制造出的东西当中；还有，他们勇敢地承受着这些足以压断脊梁骨的力量。

可是，当我在避难所再认真研究时发现，与其说他们奏乐时非常镇定和冷静，还不如说他们是非常紧张的。他们在走动时，腿看起来好像很稳健，但实际上却因为惶恐而抽搐个不停，抖个不停。

他们好像非常绝望，都目光呆滞地看着对方，刚控制住的舌头又马上疲惫无力地从嘴里垂下来。这绝对不是由于成功而产生的恐惧，谁如果敢这么做，谁成功完成了这样的事，那他肯定不会再胆怯。——究竟因为什么而害怕？是谁会胁迫他们在这里做这样的事？我再也无法控制自己了，特别是因为我觉得他们现在急需帮助，尽管这种帮助是让人费解的。

于是我就在他们的喧闹中以一种挑衅的口气大声问他们我想问的问题。但是他们——真的很难理解！很难！——居然不回答，就当什么事都没发生过。对狗的呼唤没有任何回应，这是很失礼的；不管呼唤者是最小的还是最大的狗，你不回应都是无法原谅的。难道他们其实就不是狗？不过不可能吧？

这时，当我再仔细倾听时，我居然听到他们在小声地鼓励对方，互相提醒将会遇到的各种困难，并告诫对方不要出错。排在最后面的狗是最小只的，所以大家都冲它呼唤，我看见他偶尔会偷瞄我，好像非常乐意回答我，但却努力抑制住，因为这是不被允许的。可这是为什么呢？这样的事情我们的法律一直以来都是要求无条件做到的，为什么这次却是不被允许的呢？这让我非常生气，我几乎记不起那音乐。

这些狗没有遵守法律。不管他们是多么厉害的魔法师，也同样适用这法律。我只是一个孩子，我都非常清楚，更别提他们了。我在那里还觉察出更多的东西。

他们沉默真的是有原因的，比如他们是觉得自己有罪，所以保持沉默。当他们在表演的时候，我被震耳的音乐震得没有发现这一点。他们已没有任何廉耻的感觉，这帮家伙做的事又可笑又伤风化，简直太可恶了。他们用后脚支撑着直立起来。

呸，真是见鬼了！他们脱光了，炫耀着自己的身体，并为此感到自豪。当他们想起还有良知这回事，而将腿放下的瞬间，便被吓得不轻，好像这是不对的，这种天性是种错误，于是又立即抬起前腿。

从他们的眼睛可以看出，他们好像在祈求谁原谅他们稍稍停止作孽的行为。这世界黑白颠倒了吗？我在哪里？究竟发生了什么事？为了能继续生存，我不能再在原地踯躅了。

我把围住我的木头扒开，从里面跳了出来。我要去找他们，我不再当小学生了，我要做一回老师，要让他们清楚自己的所作所为，还要阻止他们接着作孽。“这种老狗，这种老狗！”我不断重复着这句话。但当我一获得自由、距离那些狗只有两三步远时，他们又开始喧闹，于是又把我降住了。

我已经非常熟悉这种喧闹，虽然声势上非常可怕，但应该是可以克服的。但在这种喧闹中还夹杂着一种声音，是从远处传来的，清晰严厉，从未变过，可能它才是这喧闹中真正的旋律。它使得我不得不跪倒在地。如果不是这样，我只要稍微努力就能忍受得了这种喧闹。这些狗奏出来的音乐真的非常惑人。

我再也无法忍受了，我不想再骂他们了。就让他们把双腿张开，就让他们继续作孽，就让他们使得其他狗犯下安静观看的罪过吧。我还太小了，这对我来说是很困难的事情，也不会有谁要求我这么做的。我变得比真实的我更小。我哀声号叫着，他们如果因为这件事来问我的意见，我应该会赞成他们的做法。

没过多久，他们都不见了，也没有了喧闹声。那一抹随着他们现身的光亮也湮灭了。

就像我先前说过的，这整件事并没有什么不寻常的地方，狗在其漫长的一生中会遇到很多事，从孩子的角度出发，它们更让人惊讶。正如我最初说的那样，这件事和所有的事情都是一样的，当然也不可以“乱说”。

后来事情就演变为：

在清晨的安静中，七个音乐家聚到一起演奏唯美的音乐。一只小狗因为迷路偶然跑到了这里做起听众。他是不受欢迎的，他们试图用非常可怕和庄严的音乐赶走他，但都失败了。

他老是问他们问题，这严重搅扰了他们。有陌生的狗在场，这本就是一种打扰，难道他们还必须回答他愚蠢的问题吗？虽然根据法律，务必要回答每一只狗的提问，但这样一只到处跑的小狗算不算应该得到重视的某狗？可能是他们根本就没搞清楚他的话，他提问题时老是汪汪大叫，他们听得很不清楚。他们或许听懂了，而且还压抑着自己回答了，但这只小狗由于不习惯听音乐，也就听不出他们的回答。

至于他们高抬起的后腿，可能因为他们只能用后腿走路。凡事都有例外！这固然是一种罪孽，但他们是独处的，七个朋友亲密地聚集在一起，其实在一定程度上说，就是在自家里，压根就没有外人。朋友不属于公众，那里也并非公众场合。即使有一只好奇的小狗在场，都不可以说是公众场合。这样看来，不就等于啥事都没有吗？也不全都这样，但也差不多了，父母应该教育子女不要老是到处乱跑，对这种事情最好不要出声，要尊重长者。

既然这样，事情也就告一段落了。当然，这只是对于大狗来说，对小狗来说却还没结束。我到处跑，一遇到狗就讲，就问。我研究，我控诉。我想把每只狗都带到事发现场，给他们看看，我当时在什么地方，那七只狗在什么地方，以及他们是怎么边跳舞边演奏音乐的。

但是大家都不搭理我，还嘲笑我。说真的，如果谁愿意和我一起去，我也许会牺牲我的清白，也尝试用后脚站立起来，这样才便于说清楚一切。但是现在怎样呢？大家对于一只小狗所做的事情非常生气。不过，最终我还是原谅了他们。

我一直不让自己失去这种天真无邪的本性，直到从小狗慢慢变为一只老狗。我对这件事给了更低的评价，不过还是和之前一样，还是大声地谈论它，还在试图还原成其本来的样子，依旧和那些在场的狗一决高下，一点也不顾及这个我也身在其中的社会。我干着我自己都厌烦的事情，正因如此——这就是不一样的地方——我想通过观察、研究，把这件事彻底弄清楚，这之后我的眼睛才有空闲去观察那些既平凡又宁静且幸福的平常日子。在后来的日子里，我还和当时一样工作，直到今天。虽然缺乏了很多孩子的方法，但区别不是很大。

一切的源头也就是那场演奏。在这点上，我没有什么怨言。我明白，我不该忽略我的天性。就是说，就算没有这场演奏，我的天性也终会因为其他事情显露出来的。只是事情太突然了，这让我之前老是觉得很遗憾，它占用了我童年的大部分时间。小狗那种没有烦恼的生活，对于有些狗来说可以持续好几年，但对于我却仅有短短的几个月。

不过，无所谓了。

世上还有些比童年更加重要的事。可能要年龄大点，吃过一些苦头，我才可以拥有一种真正的童年幸福，一种将会超出一个孩子的承受力的幸福。我以后会得到这种承受力的。

当时调查时，我由最简单的事情着手。材料是充足的、丰富的，以至于我在混沌中失去了希望。我开始研究狗是靠什么来生存的。可以说，这个问题一点也不简单，从古至今就是我们思考的主要对象。我们就是绞尽脑汁，也总是不得其解。

这个领域已经成为了一门科学，各种观察、实验和观点不可胜数，其规模之宏大，已经超出了所有学者的理解力。只有狗类才能承担起这门科学。但即便是狗类，还只承担了一部分就已经被压得喘不过气来了。其怀里紧抱着的旧财富已开始不停剥落，所以一定要努力来修补。更别提我的研究充满了困难，没有一种条件是能够满足的。

在这些方面，我知道我和大家的想法是一致的。我本来不想与这门真正的科学有什么关系的，我对它保持着基本的敬意，但我还没有足够的知识来增强这种敬意。我不够勤奋，也不够冷静，特别是最近还没什么胃口。我把食物吃进肚子里，但它根本就没有让我先从农业角度一步一步观察的价值。在这一方面，一句小小的提示就足够我收益了，那就是：尽自己的所能弄湿一切。你知道，母亲让孩子离开她的庇护，而独自面对人生时，她就会说这个小小准则。

这句话几乎包容了一切，不是吗？对于先人们的这项研究，我们究竟还要添加什么重要的东西呢？应该是各种细节，但这些都是非常不可靠的。然而，只要有我们狗在，这条准则就在。它与我们的主要食物息息相关。我们肯定还有其他辅食，但在特殊情况下，只要没到非常艰辛的年龄，我们的生活还是依靠主要食物生存的。我们从地上获取主要食物，而土地则需要我们体内的水分，仅仅以这种微薄的条件就提供食物给我们。

有一点不要忘记，就是狗能通过各种动作，比如咒语、唱歌等，令食物出现得更快。以我的观点，这就是全部。从这个角度来说，这件事就到此为止了。在这点上，大部分的狗和我观点一致。我严禁自己沾染任何关于这个方面的异端邪说。

我确实既没有什么特殊之处，也没有很坚持自己的意见，如果可以和同类意见统一的话，我总会觉得非常高兴，而在这件事情上正是如此。不过我的研究是指向另一个方向的，表面看来，只要遵循科学原则对土地进行喷洒耕作，土地就会提供食物。也就是说，以怎样的质量和数量，通过什么方式，在什么地方或者时间，都必须全部或部分严格按照科学规定的法律要求。

这些我都同意，但我不明白的是："土地从什么地方得到这些食物的？"这个问题大家经常推脱说无法理解，他们最多告诉我："如果你不够吃，我们会让出一部分给你。"

大家都非常看好这种回答。我知道，狗的优点并不是将我们获得的食物进行分发。土地是皴裂的，生活很不容易，在认识方面科学就显得非常丰富，但却缺乏实际的成果。有食物的都会将其保存起来。这并非自私，相反的，这是全民一致通过的狗的法律，是去除了自私自利后才产生的，因为只有少数的占有者。

"如果你不够吃，我们会让出一部分给你。"这是非常客套的回答，是一种逗乐时用的俏皮话。我从来没忘记这点。对我来说，比较有意义的是，我带着我的问题在全世界乱跑的时候，没有谁这样讥笑我。虽然我始终都没获得别人奉送的食物——别人从什么地方可以马上拿出来呢，即使手上碰巧有，但在自己饥肠辘辘时肯定不会想到别的狗——但大家还是非常认真地提供食物。如果我速度够快，能够马上抢到手的话，有时我还真的可以弄到点儿吃的。别人怎么会对我另眼相看，或者优待我呢？仅仅因为我看起来非常瘦弱，营养不良，不太关心吃的？但是有很多营养不良的狗在四处流浪，而且可能他们嘴边非常粗劣的食物都会被夺走。这并非因为贪婪，而是因为原则。

我从没被优待过，其实我对此只有一个比较清晰的印象，所以也只能大概描述一下。大家不为我的问题觉得高兴吗，不觉得它们非常聪明吗？

没有，他们并没觉得高兴，他们反而觉得这些问题都很愚蠢。它们也只是一些能引起人们关注的问题。好像他们宁可做出那件让人无法相信的事，也就是用吃的把我的嘴塞住——他们并没有这么做，但他们想做的——也不愿忍受我的问题。接着他们就可以更轻松地把我赶走，更轻松地阻止我提问。没有，他们没有这么想，他们虽然不肯听我的问题，但也恰恰是因为我的这些问题，他们不想把我赶走。

我受到大家讥笑时，会被当成愚昧的小动物，被推过来推过去，而这也正是我出名的时期，后来再也没有这样的情况发生了。那时我哪里都可以去，可以做任何事。从表面上看，以为我正被粗暴的对待，其实是他们在恭维我。这些都是因为我的那些问题，是因为我的无辜以及想要研究的欲望。他们是想通过这么做来麻痹我，他们不想强迫我，而是想用接近慈爱的方式将我从错误的路上引导开来，这是条错误性还没有明确到能强迫执行的路，不是吗？——一些敬意和畏惧也可以变为采用强迫手段的障碍。那时候我就有相似的预感，而现在我已经非常清楚了，比那时候同样这么做的那些狗更加清楚。

可以肯定的是，他们想引诱我不要再走原路。实际却起了反作用，他们的目的没有达到，我反而更加认真了。我甚至发现，其实我才是那个存心引诱他人的狗，而实际上我也获得了一定的成功。这都要因为狗们的帮助，我才渐渐发现自己的问题。比方当我追问“土地从什么地方获取这些食物”时，假设只从表面现象看，土地究竟需不需要我去操心呢？土地的忧愁又关我什么事呢？一点也没有，正如我很快就意识到的，这与我一点关系也没有，只有狗需要我操心，除了这个别无他物。

除了狗之外究竟还有什么呢？在这宽广的世界上，除狗之外我还可以呼唤谁？一切的知识、问题和答复在狗中都能找到。希望这知识可以大放异彩，公之于世，发挥作用，但愿他们不要明明知道十筐却跟别人说只有一碗。

还有那些最善于谈话的狗，如果离开有丰盛菜肴的地方，就会变得沉默寡言。狗们轻轻地围着同伴绕来绕去，一副贪欲十足的样子。狗们都用尾巴互相抽打。他们困惑着，哀求着，号叫着，不停撕咬着，这才做到了那些原本大可轻而易举就能做到的事。他们专注地倾听，温柔地抚摸，恭敬地嗅闻，真诚地拥抱。彼此的咆哮声融为一体，一起陶醉、遗忘和得到。

但有一点，狗们本来打算做的，还是没做到：承认自身的知识。对这种请求而言，不管是低声下去的哀求，还是理直气壮的要求，就算你使出浑身解数去哄骗利诱，最多只能得到一个麻木的表情，没有正视的目光。当我还是一个孩子的时候，我呼唤那几个狗乐师，可他们却保持沉默，现在跟当时的情形比起来是差不多的。

有的狗可能会说："你不满周遭的狗，不满他们在这些要事大事上不出声。你觉得，他们知道很多，但却不想承认，不想让它们全部在生活中起到应有的作用。他们是这么沉默，连同这么沉默的隐秘原因也一并藏在了沉默里面，成为生活的毒瘤，这让你觉得不堪忍受。你一定要改变它，或者拿掉它。"

"但你本身也是一只狗，拥有狗的知识，现在就请你把你的知识说出来，但不要以提问的方式，而必须用回答的方式。假如你说出来，谁会与你为敌呢？狗类将来个大合唱，好像它正在期盼着。接着你就能知道真实的情况，而且知道得清二楚。你会被承认。这种低等生活的牢门，你所诟病、不齿的牢门即将被打开。我们大家即将被释放到自由王国。

"如果最后没办法走到这一步，那情况比现在更加糟糕，完全真实比虚实参半更无法忍受，那些一言不发的维护生活的狗将被证实是正确的，我们现在还心存的那渺小的希望最后将完全化为绝望。这些话都是实话，倘若你不想遵循他人为你制定的方式生活，那我这么问你吧，为什么你指责别人沉默不语，而自己却也如此呢？"

这不难回答：因为我也是一只狗，跟其他狗并无分别。我把自己完全封闭起来，讨厌自身的问题。因为害怕，所以表现得非常冷酷无情。莫非我向所有的狗提出问题，说得精确点，到我成年之后，难道我提出问题就是为了让他们回答吗？我居然还怀着这么愚蠢的希望？

难道我看不到我们赖以生活的基础，没有看到它的深渊，没有看到在建筑工地以及阴暗厂房中的工人？我还抱着期望，以为我提出的问题，能够结束这一切，毁灭这一切，抛弃这一切？

不是的，我并不抱有幻想。对于他们，我可以理解。我们身上流的血是一样的，都是可怜巴巴的，年轻飞扬的，充满着无限渴求的血。我们共同拥有的岂止是血？还有知识。我们浅尝辄止，我们握有知识殿堂的大门钥匙。如果没有其他狗的帮助，我也无法拥有这些。那些包着最宝贵的骨髓的骨头好像钢铁般坚硬，要对付它必须全部狗一起用牙齿来咬。当然这仅仅是一个比喻，略显夸张。只要全部牙齿把架势摆好，到时连咬都不用，那骨头就自动裂开了，骨髓将一览无遗，就算是最虚弱的小狗都能得手。

假如我还要继续比喻下去，那就表示我的目的、问题和研究都在针对着某些让人恐惧的事情。我想逼迫全部狗聚集起来，我想看到那根骨头因为他们摆好架势而自动裂开，然后让他们自己过自己向往的生活。接着我想一个人，唯我一人，吸取那骨髓。这听起来非常可怕，好像我不只是想以这根骨头的骨髓而是要用所有狗的骨髓为生。但这仅仅是个比喻。这里提到的骨髓并不是食物。

它是毒药。

只有我一人为这些问题忙得不可开交，只有四周静寂的沉默在回答着我。我打算用这种沉默鼓励自己。就像你越深入研究越意识到，众多的狗将永远沉默下去，这你可以能忍受多长时间？这才是我真正的终生课题，它超越一切个别问题，它是只针对我的提问，不会牵扯到其他狗。

非常遗憾，我可以很轻松地回答这个问题：我想我能忍受到我的人生终点，到我老死的那天。当我上了年纪，我的镇定会帮助我抵抗这些令人急躁的问题。或许我会悄悄地在一片无声中安静死去。我可以泰然自若地面对沉默。似乎是因为恶意，我们狗的心脏才如此强健。肺肯定也不会提前坏掉。我们拒绝一切问题，就连我们自己的也是如此，我们本身便是沉默的堡垒。

近来，我越加频繁地思考自己的生活，不断回忆自己的生活，回忆那些曾经犯下的错误，特别是那些必须我负全责的大错，可惜我一直没有找到。但我确信我肯定有犯过大错误，不然的话，为什么我勤劳辛苦了一辈子，付出了这么多，却始终没有收获呢？如果真的是这样，那就只能说明我在追求一些无法实现的东西，我应该会因此感到绝望。

看看你这一辈子做的事情吧！最开始调查的问题为：土地提供给我们的食物从哪里获取？一只小狗天生就对生活的乐趣有着无尽的渴望，但我对所有的享受都放弃了，躲避那些娱乐，躲避那些诱惑，开始了这个调查工作。其实这个工作并非学者的工作，它不涉及方法，不涉及目的，更不涉及博学。

我从小就离开了母亲，所以先前学的东西很少。我很早就学会了独立、自由的生活。但过早的独立就成为系统学习最大的敌人。不过，我看到的以及听到的事物却很多，我和不同职业的狗打过交道，而且我自认为理解能力很强，观察能力也不差，也许这可以弥补我不够博学缺点。

另外，对于我所进行的这项研究来说，独立也是一个优点，尽管这对于学习来说是缺点。像我这样的狗，自立十分重要。我只能依靠自己去完成工作。我想可能我偶然画下的某个句号，也将会是最后的句号。这样的意识对于年轻的狗来说是很提振士气的，但对老年的狗来说却往往是沮丧的理由。莫非现在就只有我一只狗做这个研究，而且一直都是这样的吗？

是，也不是。

无论以前还是未来，无论身处何处，其他的狗不会总像我一样处于这种境地。我的处境也许还不太糟糕。我依旧保持着狗的本性。无论是怎样的狗都如我一样，渴望提问，而我也像其他狗一样想过保持沉默。我肯定无论是谁都有提问的欲望。如果不是这样，那么我提出的问题也许只能引起小小的骚动。我常常对自己的行为感到欣喜，因为我看到了这种震动。如果我的处境不是这样的话，那么我也许不会这么做。

我真的有沉默的欲望，而这无须多加证明。我和其他狗大体是一样的，尽管有部分狗不赞同我的意见，也对我表示一些反感。总体来说，狗们还是肯定我的。我对他们也是如此。不同的仅仅是基本特点的混合体。这种不同对于一只狗来说相当巨大，不过对于全部的狗来说就毫无压力了。

无论在哪一个时代，像我这样的混合体一直存在。如果说我是一个不幸的混合体，那其他混合体就更加不幸了。我们狗做着各种最神奇、最美好的职业。有些职业不可思议，如果不是因为你手里有最靠谱的资料，你也许无法相信这是真的。

说到这儿，我又想起了天狗。当第一次听说天狗这种存在时，我哈哈大笑。无论别人怎么说，我都不相信。为什么？他个头比我还要小，就算长大了也这么小，而且很虚弱。他的外表看起来很奇怪，没有发育成熟，只有收拾得非常精细的毛发。他也不会跳跃。

唉，怎么能欺骗一只懵懂的小狗呢？人们也太过分了。谁料没过多久，我再一次听到了另一只天狗的故事。难道他们是商量好要糊弄我的吗？很快，我就看到了几位狗乐师。

之后，我就开始相信了，什么事情都是有可能的。所以我的接受能力也提高了不少，不受任何限制。我竭尽所能去关注那些所谓最荒唐、最不可信的事物。

因为我认为，在这个奇葩的社会里，有时候荒唐的事情要比合理的事情更有可能发生，而这些事有利于我的研究，对于天狗也是如此。

关于天狗，我已了解了不少，尽管我到目前为止还没有见过一只天狗。但我坚定地认为天狗是存在的。在我的宇宙观中，天狗也有属于他们的重要位置，如同以往一样，我不需要开动脑筋思考就知道。

有一种狗竟可以像鸟儿一样飞翔，这不能说不奇妙。我和其他狗一样，对此也感到特别惊讶。但总的来说，这种荒唐还是实实在在存在的。这些天狗就是可以出现在空中，这个世界就是这么奇妙。生活在这里的狗，会谈艺术，会谈艺术家，这就是他们的生活。

可我不明白，其他的狗也有一颗善良的心，但为什么就只有这种狗会飞翔？他们为什么要这么做，为什么要从事这种职业？长期的飞翔让他们的腿部开始萎缩，他们离开了赖以生存的土地，为何不播种却拥有收获？

听说，他们生活得特别安逸。毫不夸张地说，我提到的问题对此一定起到了一些作用。大家试图来解释，想拼凑出可能的解释出来。尽管迈出了第一步，后来就没有进展了，好在毕竟是做了一点事情。尽管这样的解释无法让大家看到真实的东西——狗们永远看不到真相——然而可以看到一团糟的谎言。在我们生活中出现的那些荒唐现象，就算是最荒唐的事情都可以被解释。这些都是天大的谎言与笑话，可以帮助回避一些难堪的问题。

天狗又一次被作为例子：

他们变得温和一些了，不像之前想的那么骄傲。可以这么说，天狗也需要朋友。只要站在他们的角度想一想，这就更好理解了。他们要做的是让其他的狗理解他们的生活方式，至少要让其他狗不戴有色眼镜去看他。但他的义务是保持沉默，所以他无法公开做这种事情。他们采取了另外一种方式，那就是采用让人无法忍受的夸夸其谈。

他们一打开话匣子就停不下来了。他们不停地向人讲述，他们虽然不再从事体力劳动，但还在进行哲学思考。他们还谈论他们在高处进行的观察。他们并不是特别的聪明，但他们就是过着游手好闲的日子。他们所谓的哲学与观察也是毫无意义的。科学其实是不需要他们的，更不需要他们提供的资料。

尽管如此，但凡有人问起天狗究竟在做什么事情时，其他人总会告诉他天狗是在为科学而工作，而且还说“这一点没错，但天狗的做的是没有价值的贡献”；或者耸耸肩，大笑一番，转移话题。如果问的人不死心，过阵子继续问同样的问题时，他依然会得到相同的答案。也许最好的办法就是不要过分坚持和固执，尽量理解就好了。

既然存在着天狗，就承认他们的存在吧。但不要对天狗的存在提出过多的问题，这样你不会得到答案，反而还会让自己陷入困境。

新的天狗不短出现，不断增加，这是为什么呢？他们繁殖后代？不，他们不具备这样的能力。那他们到底靠什么增加了数量呢？是不是有一些狗自动选择不在陆地上生活，变成了天狗，为的就是不用劳动，而自愿去天上过着这样无聊的生活呢？

这显然也是不可能的。既不可能繁殖，也不可能有狗自愿加入。但天狗不断出现，这也是事实。由此可以看出，天狗这个种族曾经存在，他们很特别，不会灭绝。至少他们很顽强。

如果真的存在一种荒唐、怪异、无法适应陆地生活的狗，好比天狗，那我是不是得反思一下自己，反思自己的能力？我也没有什么特别的技能，我只是最普通的一员。一句话，既不是拔尖的人才，也没有让人厌恶、反感的地方。

在我年轻的时候，只要我保持一定的活动并对自己多加修饰，我也算得上一只相当俊美的狗。我有修长的腿，有漂亮的脑袋。还有我那灰、白、黄、悠然卷曲的毛皮，人们特别喜欢。但这都不算什么，我的性格才是最特别的地方，但我从来不因为自己的性格而掉以轻心，也许这也是狗的天性吧。

如果说，天狗也是有一个群体的，在狗的世界中不时就可以看到他们的身影，他们也会不断地增加后裔，那我也只好坚信我的未来是有希望的。当然了，我的伙伴们都有一个奇妙的生命旅途。他们的存在也不会影响到我的未来，更不会帮助到我。我几乎无法辨认出他们，所以我觉得他们对我毫无帮助。

我们生活在沉默压迫的空间中，特别渴望有新的空气来打破这种沉默，但其他狗却喜欢现在的生活。其实这是一种假象而已，好比那些狗乐师，他们在台上镇静自若地表演，但内心却激动无比，而这种假象看上去却特别真实。我们试图改变它，但它却不接受任何人的意见。

我的伙伴们应该怎么自我救赎呢？他们该如何尝试去变化呢？这也许是有多种答案的。在年轻的时候，我进行了各种尝试。也许我可以与那些也提出问题的狗来往，这样我的队伍就有更多的人。我也曾试过用克制的办法去改变自己，为什么这么做呢？因为那些向我提出问题的狗，我都回答不了他们的问题，这令我很讨厌。

年轻的时候谁都想问问题，但我要做的是从这些问题中找出关键的问题，但哪个问题看上去都找不到关键，也不知道关键问题在哪里，就连那些提出问题的狗自己也不知道。我总结得出，那些提问题的狗都有一个特点，就是别人问我也问，试图把真正的问题掩盖了。我觉得不能被这样的假象迷惑。在提问题的这些小狗中，我找不到我的同伴。就算是老狗中，我也找不到。

我在找问题的过程中受到挫折了。我的同类远比我聪明，他们为了适应这样的生活，就采用了另一种生存的方式，而这些方式也是优秀的。因为每当他们有困难时，这种方法就可以帮助、安慰他们，甚至麻痹他们的思想。

这种方法看似聪明，但也是一样的软弱无力，至少我目前还没有看到成功的例子。也许在其他方面，我更容易找出自己的同类。可我的同类到底在哪里呢？这也是我感到悲伤的地方。他们不知道在哪里。看似就在身边，却又摸不着。也许就在我的隔壁，我们常常遇到，他来过我的家，但我没有去过他的家。

我们会是同类吗？我不得而知，尽管他身上没有任何的迹象，但还是有可能的。因为我用着想象力，可以感觉在远处的他。我心里生出几分亲切感。可是当他出现在我的面前时，我反而觉得这一切是笑话。

他是一只老年狗，我只是中等身材，可他比我还矮一截。他的毛发是褐色的，因为左后腿有病，走路总是抬不起脚，使不上力气。可是除了他，我找不出第二个可以亲密交往的人了。所以我勉强忍受他的一切。我还是很高兴的。当他离开时，我总会冲他的背影说几句亲切的话。

这不是爱，而是气愤。他那悲凉的背影，还有那拖着腿、扭着屁股走路的样子，都让我感到厌烦。有时候我会觉得，我把他称为同类是一种自我讥讽。即使我们进行友好的交往，我也无法从他身上找出任何同类的迹象。他也挺聪明，学识也挺丰富的，我也可以跟着他学到不少东西，但我要的并不是聪明与学识。

当谈及那些问题时，我们都感到十分惊讶，因为我的孤独让我对这些问题有着更加尖锐的态度。但对一只普通的狗而言，为了可以生存，为了可以避免危险，他必须付出很多智慧来应付这一切。尽管科学制定了各种准则，但要理解这些准则却不容易，当真正理解它们时，又会面临真正的难题，即根据实际情况去运用它们，几乎是没有任何作用的。

每分每秒都会遇到新的难题，而且每个难题都是那么独特。谁也无法断言，连需求越来越少的我也无法断言，自己已经适应了这里的生活。也许我对生活已经没有任何的要求了。到底是为了什么，才要经历这种这无穷无尽的困难呢？原因就是让自己不被沉默掩埋。

当科学在不断进步，甚至是在加速前进时，那应该赞美哪些东西呢？有什么好赞美的呢？就好比一只狗，越来越老，生命即将结束，可是大家却鼓掌欢呼。这就是一个自然又可恶的过程。

我觉得没必要去赞美什么。毕竟我看到的是一只狗走向衰老，尽管我不觉得年轻的狗就一定好，但他们身强力壮呀，记忆力也要比我好上很多，这是年轻狗的巨大优势。虽然这样的狗也不一定会成功，但成功的可能性会比较大。这种可能性也成为我在听那些质朴又古老的故事时激动不已的原因。有时候就是听到一句暗示性的话，我都想跳起来了，我瞬间会觉得自己很年轻。

不，无论我怎么指责属于我的时代，也许前几代也不比后几代强。从某个角度上讲，他们要差得多，软弱不堪得多。

那时候的狗，不像今天这样奴性十足。奴性！我无法用更好的语言去表达这一切，但这话确是真真切切的，至少离我很近，就像悬在舌尖上。

可以说，我们这一代没有希望了。这一代比上一代更可怜。我明白我这一代的为什么优柔寡断。也许不是优柔寡断，而是忘却了最初的梦想了。可又有谁想为这第一千次忘记而对我们生气？我倒觉得是上一辈的犹豫不决，导致我们只可以这样做了。

我甚至想说：我们还挺幸运的，一定要把这种罪孽压在我们头上的不是我们自己，因为在这样一个昏天黑地的社会里，我们也许只能这么做，慢慢走向生命的尽头。

我们的上一辈迷路了，但他们还没有意识到这是个错误。他们眼前有个十字路口，其实也没什么，他们随时可以回头。但他们就是想再过一会儿愉快的生活，所以就开始迷失了。

这种生活并没有独特的地方，只是上辈们觉得这已经很不错了，如果继续走会更不一样，也许再等一会儿也会不一样，所以他们并没有迷途知返。他们无法知道我们在未来会预感到什么，也不知生活的变化是在心灵变化之后。

当一只狗对生活感到满足时，那证明他已经老了。他会渐渐失去自己的目标，或者说在目前的生活中沉醉。在今天的环境下，谁还可以谈青年。很多处于青年时期的狗，他们都指望着自己变成一条老狗，而且在这件事情上，每只狗都是成功者。每一代的狗都在不断证实这个问题，而最后一代，则是证实得最好的。

当然，这一切我都不曾和邻居讨论过，每当我看到我这位邻居，坐在他对面，或者把嘴拱进他的皮毛里时，我总会情不自禁地想起他们。可我知道，和他谈这样的话题没有意义。其实和哪只狗谈，都没有意义。我也知道谈起来会有怎样的情形。也许他就会提出几个小小的不同看法，最后还是会赞同我的意见，因为他们觉得赞同是最好的办法，这样就会平息了这件事情，以后也不用拿出来谈了。

尽管如此，我和这位邻居还是有相似的地方，这是一种超脱空话的层次。而我也不会放弃这个想法，虽然我无法证明我的想法。我的想法也许是完全错误的。因为这位邻居是我唯一的“朋友”，我必须要和他继续交往。

“你也许就是以这样的方式出现，成为了我的同类吧？你可能会因为总是遇到挫折而感到羞愧吗？我其实和你一样的想法。如果是的话，我会为此感到悲哀。我们相处吧，两只狗会更快乐一些。”我有时一边想，一边看着他。

他没有回避我的眼神，但他的眼神中什么都没有。他就是看着我，也不明白我为什么要沉默，为什么我会中断谈话。但他的这种眼神，也许就是他的提问方式，因为我让他感到失望了，就如他让我感到失望那样。如果是以前那个年轻的我，我会觉得这个问题是最重要的，我会大声地询问他，但我可能得到的只是一个毫无意义的赞同，那还不如他这样沉默地对待。

然而，并非所有的狗都喜欢保持沉默吧？我真想让所有的狗都成为我的同类。我不愿看到，我的同类很久才可以出现一次。哪怕他只是研究出一些微不足道的成果，哪怕他的成果已经被大家遗忘了。无论怎样，无论要付出多大的努力，我都会去寻找他。

有时候我想，不如把所有的狗都当同类吧。他们都在任意妄为地努力。他们都任意妄为地一事无成。他们任意妄为地沉默不语。他们任意妄为地喋喋不休。这样的结果与我这个没有希望的研究也相差无几。

可是，又是什么原因让我放弃这么做的呢？如果我真的这么做，我就可以和他们合群了，不用想太多，也不用像个淘气的孩子那样，跳出成年狗的队列。其实他们也存在着和我一样的想法。也许他们更加理智，他们知道，谁都跳不出来，怎样的努力都是徒劳的，也都是愚蠢的。

不过，我之所以会出现这样的想法，都是邻居影响了我。他打乱了我是思维，让我抑郁忧伤。他却十分开心。他回到自己家时，又唱又跳的，让我感到十分厌恶。如果我可以放弃与他做同类，我就不会再异想天开，我可以全身心地投入到我的研究当中。毕竟与同类交往，总会有让你思路跑偏的时候。就算你觉得自己已经久经沙场，也一样会受到干扰。我决定了，如果他下次还来，我就假装睡觉，好躲避他，直到他不再来为止。

我的研究难以进行下去了。我开始表现出疲倦、松懈来，本来我是可以迈着大步伐奔跑的，而现在只可以步履蹒跚地挪动。我还在回想着之前调查“我们如何从大地获得粮食”这个问题时，当时的我是身处民众之中的，哪里狗多我就去哪里。我想让其他狗当我调查工作的见证人。当时我还觉得，这种见证比工作本身重要得多。因为我还期许可以得到大家的响应和鼓励。可惜，如今再也寻不到那种激励了。

那时候，我身强体壮，年轻叛逆，对所有原则都不屑一顾。如果当年有其他狗看见我所做的事情，他们恐怕会认为那是最可怕的事。

当科学日趋细分时，我却发现了一种特别的简化方式。科学说，我们的食物来自土地。确定这个假设后，它又介绍了做出美味食物的各种烹饪方法。食物来自土地，这是毫无疑问的，但不能如此简化，不能只是简单的描述，而没有进一步的研究。

就拿那些最简单的事情来说吧，如果我们都不去思考，不去探索，就如我现在这样，只是蜷缩在土地上耗时间，那么我们会得到什么结果？也许可以得到食物，但这种好事不会天天有。

面对科学只需要再大胆一点，当然大胆的狗也不多，因为科学的范围越来越大，即使不需要通过观察也可以知道。地上的很多食物其实源于空中。我们可以通过自己的技能，再根据各自的贪心程度，在他们跌落到地上之前就把他们捕获。

一部分食物从土地上长出来，还有一部分从天空中得来。但无论如何，两者并没有本质的区别。无论是哪一种，都必须在土地上耕作，而科学也明确指出必须这么做，所以这个问题就不需要再细究了。也就是说，“只要你的嘴里有食物，那你就可以解决所有的问题”。

不过我觉得，科学还是用隐蔽的方式去研究这些事情，因为获取食物的两个方法科学都明白，包括土地耕作，外加一些补充性高雅活动，比如舞蹈、念咒、歌唱等。我在这里还找到了一种二等分，尽管这还不完善，但已经比较清晰，而且与我的分法相一致。

根据我的看法，土地耕作的目的就是获得这两种食品，舞蹈、咒语、歌唱从狭义上讲与耕作没有什么关系，这些更多用于获得天空中的食物。传说让我坚定了自己的见解。民众好像也从这里对科学进行修正，但他们还没有意识到这个问题，而科学也没有做任何反抗。根据科学的意志，那些附加的高雅活动只是为土地服务，也许这么做也是为了可以提供力量去获得天空中的食物。

既然如此，这些仪式根据逻辑就必须在陆地上进行，把一切都告诉土地，跳舞给土地看，歌唱给土地看。据我了解，科学的要求也很简单。可让我感到不解的是，民众居然是对着天空中进行着所有的仪式。这样做没有对科学造成伤害，所以科学也没有禁止这样的行为，它给予了农民这方面的自由，它只研究了土地的问题，而农民也只是践行着关于土地的理论。它觉得很满意。

但依据我的想法，需要花更多的精力去理清它的思路。我对它的了解不多，我无法想象，那些知识分子怎么可以容忍我们群众的那些呐喊声，以及对着空中哀声唱着的那些古老民谣。我仔细地观察了这些矛盾，按照科学的理论，很快就要到秋收的季节了，所以我必须待在陆地上。当他们跳舞的时候，我也跟着跳。我跳舞的时候，脚踩着大地，尽量扭着头，唱歌念咒的时候挖个坑，把头埋在里面。

如此一来，除了大地外，谁都别想听见。

研究成果令人沮丧，可以说微乎其微。有时我等了很久都得不到任何食物，当我正想为这一伟大的发现欢呼时，食物却出乎意料地又来了。这件事之所以如此曲折地发生，就好像食物它们一开始被我那古怪的举止给搞糊涂了。不过经过这件事后，现在我确实看出了它们给我带来的好处，于是我很乐意就此放弃我之前的吼叫和跳跃。

然而，事情不是我能控制的。起先，食物常常来得很多，比以前更为丰盛和美味，但到了后来却又是一场空，什么食物都没有了。因此我下定决心要把这件事搞明白。我极其详细地制定了关于如何得到食物的实验计划。我由此迸发出来的那股子勤奋劲，即使在年轻的狗身上都未能见到过。有时我仿佛觉得我已经找到一条线索，它能引导我往前再进一步。可这条线索随后却又突然消失于混沌之中，让我措手不及。

毫无疑问，还有一个主观原因妨碍了我的实验，那就是在科学方面，我准备得也不是非常充分。后来我又想到，假如说我没能得到食物的原因不在于我所进行的实验，而是因为土地耕作不够科学，那么我又要到哪里去寻求一种方式来保证我能得到食物呢？如果这合乎得到食物方式的实际，那我之前所研究出来的一切结论就都站不住脚了，一切都要推翻重来。

我想完成这样一种实验：我们根本就不用去耕作土地，只需对着天空举行仪式，比如舞蹈、念咒等，就能让食物自己落下来；另一方面，对土地进行任何仪式都得不到食物。

如果这项实验能获得成功，那么我也能获得成功，即在某些条件下完成一项几乎完美且完全准确的科学实验。以前我也做过类似的实验，企图证明自己的观点是正确的。但我最终还是失败了。为什么呢？我坚持不管怎样都要对土地进行一定的耕种；再则，实验条件也不完善。在某些范围内，或是大家生活的需要，耕种土地是难以避免的。

另一个实验虽然有些古怪，但我却做得比较成功，并且在狗们中间引起了很大轰动。我刚学会在空中抓住食物之后，就决定还是像之前那样，让它们掉在地上。为了达到这种目的，此后每当有食物要落下来时，我不再对准食物猛扑，而是故意轻轻一跳，抓不到食物。食物掉在地上，我会很生气地吃掉它们，一是因为饥饿，二是因为我对它们非常不满。

但是偶然也会发生一些与常态不同的事，那才真的是不可思议。比如那些食物飞过来后不直接往下落，而是在空中跟在我后面。它们是有意追踪我们这些饥肠辘辘的狗。然而没过多久，它们最多就跟我走了短短一截，之后就落下来了，有时还消失得毫无踪迹。

经常发生的事情是，由于我的贪欲而不得不使实验提前结束。我迫不及待地将那些东西吃个精光。每当这时，我都挺高兴的，因为我听到了周围对我的议论，大家的注意力也开始集中了。

我发现，那些我所熟悉的狗们更加理解我和我的问题。从他们眼中，我看到了某种急需帮助的讯息，或者那可能只是我自己的眼睛的反光。到了后来，我了解到——其他的狗也从我这里得知——我所进行的这种实验其实在科学中早已被描述过，并也早就取得了比我的实验要伟大得多的成功。由于实验者很难做到实验所要求的充分自制，因此该项实验已经搁置了很久很久。

据说这个实验在科学上一点意义都没有，所以也毫无再去重复的必要。它所证实的仅仅是大家都已经知道的事实，即土地从空中取食物的方式，不仅有直着取的，而且也有斜着取的，甚至还有旋转着取的。

我站在那里，毫不气馁。我还太年轻，不必气馁。相反，我被激励着勇往直前，去争取也许我这一生所能夺取的最大成就。我不认同我所开展的这项实验毫无科学意义的说法。不过，我认不认同都没有意义。我必须得有证据。

这个实验的确有点奇怪，但我想把它作为我研究的中心，并以此让大家都知道真相。我想证明，当我躲开那些从天上落下来的食物时，它们没有被土地斜着往下拽。它们在我的引诱下，会一直跟在我身后飞。

然而遗憾的是，我无法将这项实验继续下去。因为食物已经摆在面前，你得忍住不吃而进行某种科学实验，这样的事任谁也坚持不了多久。我决定采用其他办法。我决定在可以忍受的期限内进行彻底的绝食。当然，绝食期间我也得避免看一眼食物。我得避免一切诱惑。

为了彻底绝食，我隐居起来了，不分昼夜地合眼而卧。那段时间里，我和食物断绝了一切联系。虽然我不敢断言一定会成功，不过却怀着一点希望，希望能通过这种方式让食物自己从天上掉下来，并能直接送入我口中，让我吃掉它们。

如果真的会出现这种情形，那么就算科学没有被驳倒——因为它有足够的灵活性来应付一些例外和特殊情况——但看到这种情形的民众将会怎么说？因为历史上绝对不可能有过这样的例外。

史上有记载过，曾经有只狗因为身患疾病或者因为悲观沮丧而拒绝准备、寻找和吃下任何食物，于是狗类为了拯救他而联合起来一起念咒，使得食物偏离了正常的路线，径直飞入病狗的口中。

但是能像历史上所载的那样获取食物吗？我是只精力充沛和身康体健的狗，我的食欲旺盛到让我除了食物什么都不想。然而，不管大家相信与否，反正我要绝食完全是出于我自己的意愿。我认为自己有某种能力能够让食物掉下来。我也想这样做。但我不想得到狗类的理解和帮助。我绝对相信自己。我坚定地拒绝任何狗对我的帮助。

在一个被遗忘的灌木丛中，我找一个适合自己的地方。在这儿，我听不见吃饭时的谈话声，也听不见吧嗒嘴的声音。

我吃了一顿饱饭，便卧下来。我想尽量闭上眼睛，好让时间过得快点。如果吃的还没出现，管它何年何月，我都把它当作黑夜。只是在这段时间里，我必须睡得少一点或者干脆不睡——这是极其不容易的，因为我不但要念咒语祈祷食物的到来，还得预防睡过头，错过食物来临的时间。但话又说回来，睡觉是一件让人非常开心的事，因为睡着了比较能耐饿。

所以，我决定要好好来划分时间，睡多点，但每次不睡太久。我是讲究方法的。我睡觉时，把脑袋安放在一根软树枝上，没多大会儿树枝就“咔嚓”一声，断了，我也就醒了。我就这样躺着，有时睡着有时醒着，有时做梦有时默默地唱。开始时风平浪静，该来食物的那个方向还是没什么动静，好像是我阻碍了事情的正常发展。

一切都那么安静。我担心狗们发现我不见了，很快就会找到我，然后会对我采取什么措施。这种担心稍微影响了我的努力。我还担心，仅仅依靠喷洒土地——尽管从科学角度来说这是贫瘠之地——就能获得所谓的嗟来之食，这食物的气味可以引诱我。不过到目前为止还没有发生过这种事，我还可以接着绝食。除了担心这个，我暂时还是镇静的，而且是从没有过的镇静。

虽然我现在做的事与科学背道而驰，但我心中还是保持着作为科学工作者的愉悦以及众口皆碑的镇静。我幻想着，科学谅解了我，我也在科学研究中占据一席之地。我听到了让我欣慰的声音。如果我的研究将取得辉煌的成功，那么作为狗，我这一生就一定是有希望的。科学将和我友好相处，它将亲自剖析我的成果，许下诺言的同时也实现了这个诺言。

以前我心底总有一种被驱逐的感觉，一直疯狂地想重新融入我的人民中。现在，我想让他们毕恭毕敬地接受我，狗们相聚在一起，身体摩擦出的暖流翻涌在我周身。我被这朝思暮想的暖流烘托着。我被抬起。我在人民的肩膀上颠簸着。

最初的饥饿带来了奇特的反应，让我感觉自己的成就是多么大。我因为感动、自怜和自惜，在那偏僻的灌木丛中开始哭了。这也许比较难理解，因为既然希望得到应有的回报，我为什么还要哭？可能只是因为心情舒畅。每次觉得舒心时——这非常少见——我老想哭。

当然一切会很快过去的。我感到越来越饿，那些美好的幻想慢慢消失了。过不了多久，当全部的幻想和激动都跟我告别之后，留下的只是饥饿。饥饿将我的五脏六腑刺得阵阵疼痛。“这就是饥饿。”那时候我不知跟自己说了多少次，似乎我想自我催眠。饥饿就是饥饿，我就是我。我可以对它视而不见，可事实上我们已经非常痛苦地结为一体了。

当我给自己解释“这就是饥饿”时，其实就是饥饿在说话，在寻我的开心。那段时间可恶到极点！只要我一想起，就觉得毛骨悚然，当然不只是因为那时所经历的痛苦，主要还是由于那时的我还没熬到头。如果我想有点成就，就一定要重新经历一次这痛苦，因为我到现在还认为我研究的强有力的撒手锏就是绝食。这条路徘徊在饥饿中，要去到最高点——假如它能到达的话——只可以付出最大的代价，也就是自愿绝食。

后来我分析那段日子时——为了我的生活，我会重新回忆它们——我认真分析的也就是对我造成威胁的日子。如果想从这种实验中缓过劲，几乎要用掉整个人生，在整个青壮年时期我都没那么饿过，但我还没有恢复。

如果我下次再绝食，可能会更加果断，因为我的经验丰富了许多，而且我对这项实验必要性的认识更加清晰。但从那个时候开始，我的体力却越来越糟糕，食欲也越来越差。既然要绝食，食欲降低不正好吗？不，食欲的降低并不能帮到我，而只可以稍微减小实验的价值。也许我还会无谓地多饿几天。我已经非常清楚这些以及其他先决条件。间隔时间非常漫长，但并不缺少准备实验。

我多次绝食，但都没饿到无法忍受的地步。当然，我已经没有年轻时那种什么都不怕的好斗心了。在当年绝食的那段日子里，好斗心磨没了，完全消失了。我被很多想法折磨着。我觉得自己被我们的先辈威胁着。虽然我不敢当众说出来，但我觉得他们要负起责任来，对这种悲惨的生活他们是有责任的。

我可以轻松地用反威胁来应对他们的威胁，但我还是佩服他们那些我们无法找到来源的知识。所以，即使现实逼迫我反抗他们，我也永远不会和他们的法律背道而驰，只能钻法律的空隙。这种空隙我总能很快发现。

关于绝食，我的勇气全源于那次知名谈话。那次谈话中，有一位智者提出了他禁止绝食的想法，另一位就说："可是谁会绝食呢？"

第一位就这样被说服了，不再提这条禁令。但现在又有新的问题："不会禁止绝食的吧？"

大部分智者都持否定态度，觉得是允许绝食的。他们偏向于第二位智者，所以便不担心犯错误而带来不良后果。在绝食开始前，我已将这个问题查得非常清楚了。可是现在，当我饿得身体无法挺直，在思路迷乱中不停地寻求后腿的帮助，绝望地对它们又舔又啃，吮吸它们的血，直到肛门。

这时候我才发现，那场谈话是错误的，我诅咒这种科学，诅咒它将我领到歧路上。就算是孩子也一定看得出来，那次谈话里不止一个针对绝食的禁令。第一位智者试图禁止绝食，他达到了他的目的，也就是说禁止绝食是成立的。第二位智者赞成他，而且以为不可能有人绝食。

这就等于在第一个禁令上又加了一个，也就是对狗性自身的禁令。第一位智者同意而且不再提那个明确的禁令。换句话说，在表述了这些后，他要求狗类加强判断能力的锻炼，自己杜绝自己绝食。

那是一个三重的而不是单个的禁令，我违背了它。至少现在我还可以遵守它，还可以停止绝食，尽管比较晚了。但在这痛苦的过程中还有诱惑，那就是继续绝食，我贪婪地紧跟其后，就好像跟随着一只不认识的狗。

我没办法停止绝食，也许我已虚弱得无法站立，没办法从这荒僻的地方逃走。我在铺满落叶的林中翻来覆去无法睡着，我听见周围有一阵阵的喧闹声。一直以来我认为的沉睡着的世界，好像因为我的绝食而醒了。我有这样一个印象：我绝不可能被吃掉，因为如果我被吃掉，这个自由喧闹的世界就会再一次沉默。

但最大的喧闹声却是从我的肚子里发出来的。我经常把朵贴在肚子上，这时不禁瞪起充满恐惧的眼睛，因为我真不敢相信这些声音。情况已经非常严重，我的本性好像也开始晕眩了，它正在做着没有任何意义的救助尝试。食物的香味开始扑鼻而来，这是精美食物才有的香味。我已经很久没有吃过那食物了。那是我小时候的欢乐。

的确，我闻到了我妈妈的乳香。我把要抵制各种气味的决心忘得一干二净，但也可以这么说，我并没有把它忘记。我带着这个还可以勉强算得上决心的决心四下攀爬。我爬出几步，我嗅着，仿佛只是为了防范，所以我想嗅到食物的味道。我找不到任何东西，但我并没有因此失望。食物就在眼前，不过老是远了那么几步。

我的腿已经折断了。但我很清楚，那里啥都没有。我稍微挪动一下，只是害怕在一个我再也无法离开的地方彻底垮掉。最后的希望和诱惑都荡然无存了，我会在这里死去，悲惨地死去。我的研究究竟是为了什么？天真的美好时代里天真的实验，到这时候还在坚持。在这里，研究本能体现了它的价值，但是它在什么地方？

这里只有一只无奈地爬向虚无的狗，他虽在不知不觉中拼命地喷洒着土地，可是那些咒语已经非常乱。他在记忆中什么也找不到，甚至连初生的小狗都能念着躲到母亲身下的那一小行也没办法搜出来。

我感觉，我和狗类的距离并非一线之隔，而是相隔了十万八千里。我会死去，但不是因为绝食，而是因为孤独。很明显，没有谁关心我。无论地下的、地上的，还是空中的，都不会有谁关心我。我将在他们冷漠的目光中渐渐死亡。

他们冷漠地嘲讽着：他要死了，就是这样。

我不赞同吗？难道我不是这样说的吗？我不是想这么孤独的吗？永别了，你们这些狗。但是，不应该就这么在这里收场，而是要去到真理那里，离开这充斥着谎言的世界。在这世界里，找不到一个能听到他说真话的狗。可能真理未必非常遥远，我也不是我所想的那般孤独的。抛弃我的不是别人，而是我自己，一事无成即将去上帝那里报到的我自己。

不过，死并不那么容易，并不像一只有神经质的狗所想象的那么快。事实上我只是暂时昏了过去。过了不久，当我苏醒过来时，竟然看见了一只陌生、俊俏的狗。他满脸疑惑地站在我面前。

虽然我正在绝食中，但我并没有感觉到饥饿。相反地，我仍然十分健壮。到目前为止，我感觉我的各个关节都还很灵活。我并没有尝试着站立起来，但我相信我的判断。

站在我面前的只是一只狗，他挺俊俏，但并不十分出众。我所能看到的仅仅就是这些，再没有别的。尽管如此，我认为，我从他身上看到了一些非同寻常的东西。我发现我身下有血，开始还以为那是什么可以吃的东西。我马上察觉到，那是我吐出来的血。我仍旧躺在地上，掉转目光看着这只陌生的狗。他很清瘦，腿很长。他一身棕色的毛，上面点缀着些白色斑点。他带着一种动人、有力和审视的目光。

他开口了，说：“你是从哪里来的？在这里干什么？现在你必须马上离开这里。”

“对不起，我现在没有办法离开。”我说。我没做过多解释。我看得出来，说得再多也是徒劳，因为他看上去似乎很心急。

“请离开。”他再次说道，并焦躁地放下一只脚，马上抬起另一只。

“别理我。”我说，“你走吧，不用为我操心。从来没有狗对我操过心。”

“我请求你离开，是为了你好。”

“你想说什么我管不了，”我说，“不过，现在就算我想走，也走不了。”

“没有一点问题，”他已经不那么焦躁，脸上还带着微笑，“我看得出你能走。正是因为你看上去很虚弱，我才会请求你马上慢慢地离开。你若迟疑不决，待会儿你就得跑着离开了。”

“这是我的事。”我固执地说。

“可这也恰恰是我的事。”他说。他因我的固执和倔强而感到伤心。他不再那么坚持让我走了，并且想利用我在这里的一点时间跟我拉近关系。倘若换成其他时候，我会很喜欢，可在那时，也搞不清到底怎么回事，我居然对此有一种恐惧感。我感到很不安。

“走开！不要靠近我！”我冲他喊道，好像只有这样才能保护好自己免受侵犯。

“那好，你留在这儿吧。”他一边向后退，一边说，“真想不通，难道你一点都不喜欢我吗？”

“如果你马上走开，让我安静安静，我想我就会喜欢上你。”我说。尽管我想让他相信我的话，但能否做到，老实说，我对自己也没有一点把握。但令我感到惊奇的是，我的感官由于长久的绝食而变得无比敏锐，我敏感地在他身上看出或是听出了某种莫名的东西。这个东西才刚出现，它在不断壮大。我忽然明白了，如果你到这一刻还想象不出你要如何才能尽快站立起来，那么这条狗就会有把你赶走的力量。但是听到我粗暴的回答后，他却只是摇了摇头，态度也很温和。我更加好奇地注视着他。

“你到底是谁？”

“我是个猎手。”他温和地说。

“你为什么不愿意让我静静地待在这里？”

“你打搅到我了。”他说，“你在这里，我就打不成猎了。”

“也许打得成，”我说，“你再试试看吧。”

“不，不可能的。”他说，“很抱歉，你得离开。”

“那今天就请你放弃打猎吧！我不想离开这里。”我恳求说。

“这不行，”他说，“今天我必须打猎。你最好马上离开。”

“你必须打猎，我必须离开。”我说，“为什么要必须呢？”

“没有为什么！”他说，“事情本来就该这样，没有什么值得特别思考的。”

“不能这样吧，”我说，“你赶我走，不感到抱歉吗？可是你还是坚持赶我走。”

“是这样，没错。”他说。

我真的生气了，说：“这算是什么回答？你觉得自己该怎么做呢？赶我走，还是不打猎？”

“放弃打猎。”他立刻说，一点也不犹豫。

“那么，”我说，“你的选择可就有点矛盾了。”

“有什么矛盾呢？”他说，“你这只可爱的小狗，莫非你真不理解为什么我必须如此？莫非你不理解这件理所当然的事情？”

我不再回答任何一句话，因为我发觉——此时此刻我突然感受到了新的生命，由于惊吓带来的新的生命——我从令人难以置信、大概除我之外没人注意到甚至想象到的细节中发现了一件事，那就是他开始从胸腔的深处唱出了一首歌。

“我想你要唱歌了。”我肯定地对他说。

“是的，没错。”他说，“我准备唱歌了，马上就要唱，但现在还没开始。”

“不，你刚刚已经开始唱了。”我固执地说。

“没有，”他也同样固执地说，“我还没开始唱呢，不过你就做好准备好好听我唱吧。”

“不管你怎么否认，但我确实已经听见你在唱歌了。”我颤抖着说。然后，他开始沉默不语了。当时我还以为自己得到了某种神力，经历了任何一条狗都不曾经历过的事情。我感到无比的羞愧和恐惧，连忙将脸埋在身下的那摊血迹中。

我会这么做，是因为我认为自己看出了那只狗已经在唱歌但他自己反而不知道这一点；另外就是，那已经与他的身体分离出来的旋律坚持遵照自己的法则飘荡在空中，这些旋律似乎与他豪无关联，它越过他朝我而来。——在今天我很自然地不去承认一切类似这样的发现，它们是我当时过度兴奋所引发的。然而，尽管这些只能算是一个错误，可这个错误却带着某种辉煌。应该说，这个错误是唯一的真实，虽然只是个虚假的真实。那确实将我从绝食期重新带回到了真实世界。

从另一个侧面，可以说明，在超越自我方面，我们是能够达到那个程度的。我的的确确完全地超脱了自我。这里面也存在一个危险，通常在那种情况下，我一定会得很重的病，致使无力动弹，但当时却完全无法抵制来自那条狗的胸腔中的旋律——似乎就要被那条狗据为己有的优美旋律。它在我面前越来越强烈地响动着，它也许就这么无限制地强烈下去，最后几乎震聋了我那虚弱的耳朵。

然而最糟糕的是，这段旋律的存在好像有这样一个前提：我存在。它的出现是因为我的到来，真是因为我，庄严伟大的森林才会变得陡然无声。我不明白，我为何要一直留在这里？那个我又是谁？那个满身血污还洋洋自得的我又是谁？

我不敢继续想下去，颤颤悠悠地支撑着身子站立起来了。成了这样，我还要跑什么！肯定是跑不了了。然而，就在我想着的间隙，我已随着旋律飞奔起来。我对朋友们从未提起这件事。我本该讲的，好让他们一起分享我的感受，但当时我实在太虚弱了。到了后来我想讲给他们听的时候，却又觉得那实在难以描述。是的，我没有办法迫使自己克制住向朋友们讲述的愿望，然而一旦到了该讲的时候，却又一个字也说不出来。

我之所以终究没跟朋友讲，应该说还有一个原因，就是几个小时后，我的身体状况就恢复过来了。但是直到今天，这件事所造成的精神影响，我还一直背负着。

我将我的科学研究扩展到了一切狗类的音乐上，我知道科学在这些方面肯定是有所作为的。我想，如果我了解的是对的，那么比起有关食物方面的科学，有关于音乐方面的科学应该具有更为丰富和多彩的内容。我之所以有这个想法，是因为可以这样来进行解释：在音乐领域里能够更加冷静地开展工作；音乐更加系统化，需要纯粹的观察。

另外，人们对音乐科学的敬重更甚于对食物科学的敬重，但前者从来都没能够像后者那么深入民心。在森林里听到那种来自狗的胸腔的声音之前，我敢说我比世上任何一条狗都更不懂得音乐科学，虽然与那几个有专业知识的狗乐师偶然相遇的经历已曾经向我略微提示了它，可惜我当时还太小，没能完全去理解它。

仅仅稍微接近一下音乐科学，也不是件容易的事。在大家看来，这门科学就好比龙门一样难以飞跃，大多数狗都傲然拒绝了。尽管那几只狗身上的音乐令人着迷，但他们隐藏起来的狗性更加吸引我。如果将类似的东西拿到其他地方，我绝对不会将其定义为可怕的音乐，因而我不去管它就是了。

但自从听到那旋律之后，我在所有狗的身上都能找到他们作为狗的那种本性，而要研究他们的本性，我觉得很有必要研究食物对他们的影响，那样可以一条大路直通罗马。

但是，这两门科学所触及的边缘学科在当时已经引起我的疑心。这两门科学的边缘学科？对，就是关于用歌声呼唤食物的理论。在这方面我又遇到了很大的障碍。我从未真正地钻研过一点儿音乐的科学，连受到科学歧视的资格都没有。到今天，这种情况依然未有改变。只要站在学者面前，我就会心虚得很，恐怕连最简单的考试也能让我焦头烂额。除了已提到过的生活环境，我在科学方面太过无能也是原因。

我的问题在哪呢？一是思维能力太弱，二是记忆力太差，第三个也是最重要的，就是没有牢牢盯住目标不放松的能力。我公开承认这些缺点，甚至在向别人谈起这些缺点的时候还带着某种说不清的愉悦感。

我个人觉得，更深层次的原因是天性。天性造成了我在科学方面的无能，但这并不属于恶劣的天性。我可以说句大话，正是这种天性彻底毁了我在科学研究方面的能力。我之所以这么说，是因为这绝对是或者说至少是个极其奇怪的现象：通常情况下，我的智力应该说还算过得去，即使理解不了深奥的科学，但我相当了解那些学者，我的研究完全可以检验这些成果。

可是一旦触及科学，同样是我，立马就歇菜了。也许正是由于这科学——迥异于今天为科学服务的科学，是一种新的科学——我的天性才使我向自由拜服。自由啊！在今天，自由已成为可能，自由是个可怜兮兮的东西。然而，自由毕竟还是自由，还是社会的财富……